人文阅读与收藏·良友文学丛书

舒乙题

原丛书主编：赵家璧

特 邀 顾 问：舒　乙　赵修慧　赵修义　赵修礼　于润琦

出 品 人：马连弟
监　　制：李晓琤
执　　行：张娟平
统　　筹：吴　晞 姚　兰
装帧设计：赵泽阳

特别鸣谢（按姓氏笔画排列）：
韦　韬　叶永和　李小林　沈龙朱　陈小滢　杨子耘
张　章　周　雯　周吉仲　舒　乙　蒋祖林　施　莲
姚　昕　俞昌实　钟　蕻　郑延顺　赵修慧
以及在版权联系过程中尚未联系到的作者或家属

特别鸣谢：
上海鲁迅纪念馆
北京鲁迅博物馆
北京大学中国语言文学系
复旦大学中国语言文学系
中国作家协会权益保障委员会

人文阅读与收藏·良友文学丛书

意外集

丁 玲 著

中国国际广播出版社

良友版《意外集》精装本护封

良友版《意外集》编号页

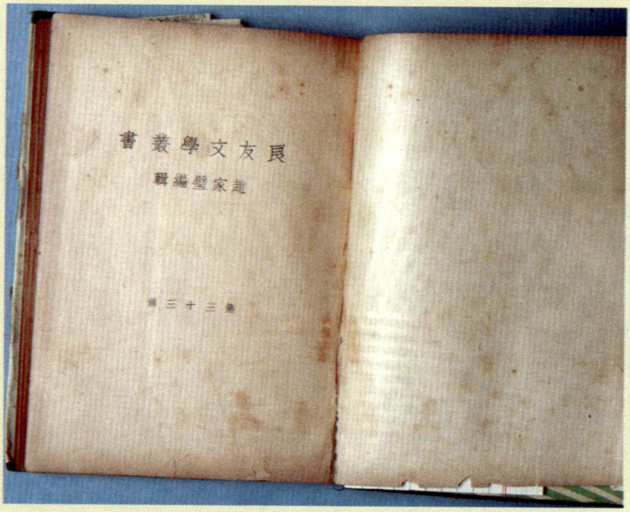

良友版《意外集》扉页

良友版《意外集》内文

《良友文学丛书》新版出版说明

二十世纪三四十年代，著名编辑赵家璧在上海良友图书公司老板伍联德的支持下，历经十余年，陆续出版《良友文学丛书》，计四十余种。其中三十九种在上海出版，各书循序编号，后出几种则无。该套丛书以收入当时左翼及进步作家的作品为主，也选入其他各派作家作品。其中小说居多，兼及散文和文艺论著；第一号是鲁迅的译作《竖琴》。丛书一律软布面精装（亦有平装普及本），外加彩印封套，书页选用米色道林纸，售价均为大洋九角。

《良友文学丛书》选目精良，在现在看来，皆为名家名作；布面精装的装帧更是被许多爱书人誉为“有型有款”。不可否认，在装帧设计日益进步的当下，这套出版于二十世纪三四十年代的丛书外形已难称书中翘楚，但因岁月洗汰，人为毁弃，这套曾在出版史上一度“金碧辉煌”过的丛书首版已然成为新文学极其珍贵的稀见“善本”。

在《良友文学丛书》首版八十周年之际，为满足现代普通读者和图书馆对该丛书阅读与收藏的需求，我们依据《良友文学丛书》旧版进行再版（四种特大本不在其列）。本着尊重旧版原貌的原则，仅对旧版中失校之处予以订正。新版《良友文学丛书》采用简体横排的形式，以旧版书影做插图，装帧力求保持旧版风格，又满足当下读者的审美趣味。希望这一出版活动对缅怀中国出版前辈们的历史功绩和传承中国文化有所裨益，也希望广大读者多提宝贵意见和建议，以便我们把日后的工作做得更好。

《良友文学丛书》新版校订说明

一、本丛书收录原良友图书公司编辑赵家璧主编《良友文学丛书》共四十六种（四种特大本不在其列），乃为目前发现且确系良友版之全部。

二、此番印行各书，均选择《良友文学丛书》旧版作为底本，编辑内容等一律保持原貌，未予改窜删削。

三、所做校订工作，限于以下各项：

（1）将繁体字改为简体字；

（2）原作注释完全保留；

（3）尽量搜求多种印本等资料进行校勘，并对显系排印失校者在编辑中酌予订正；

（4）前后字词用法不一致处，一般不做统一纠正；

（5）给正文中提到的书籍和文章及其他作品标上书名号，原作书名写法不规范、不便添加符号者，容有空缺；

（6）书名号以外其他标点符号用法，多依从作者习惯，除个别明显排印有误者外均未予改动。

目　次

自　序

许多事都不会如一个人所想像的那样；有过一个时期我想要是生活得比较闲空，尽管能得那末一个月也好，我当写出许多东西来的吧。我计划过一些小说，觉得想写的东西真多，但一想到时间的拘束，先就把这些计划打消了，然而我还是常常在写，写一点粗糙的东西，自己不会满意，却也不大十分管它，在一个下半天，或一个晚上，写上了几张稿子，人因为了写作，精神很兴奋，但一想到第二天的约定时间，便也心满意得的睡熟了。文章写了出来，自己看看惭愧，批评，不大好，读者不满足，但如果一有了空，很自然的又去伏在桌上了。那时有的是勇气和兴趣。只有时间，比较长的，闲的，不为事情所纠缠，不受经济压迫的那个只能属于想像的时间作为我的缺憾。而且用这理由宽容过自己，也得了许多友好的偏袒。但，事情居然有出乎意外的，我得了一个机会，离开了一切，独居在很清幽的居所，时间过去又过去，是狠狠的长的三年，虽说有的都是绝对的空闲，而且有更多的材料立在你的面前；但我没有写，我只是思索，简直思索得太多了，我变得很烦躁。我只希望再有那末一天，我忙着，我愿意偷闲来写，我已看过很多的东西了，我或许要写的比从前好些。但这都似乎不会很快就实现的事。有些熟人知道了我幸而还活在一个角落，又不十分明了我的心情，总是设法传递了一些好的督促来，说，你要写呀！或是你莫让人疑心你是完结了，你要起来，重提起你那枝笔！这些都只有使我难受，然而结局我也就勉强的在极不安和极焦躁的里面写下了一些，就是收在这集子里的几篇。又特别审慎着“技术”。我要告诉人这是我最不满意的一个集子，从前也有写得更坏的东西，如《自杀日记》，我就只希望它早一点绝版也好。但当那写的时候，我并没有苦痛过，没有感到过压迫，没有与自己的心境不调和，只觉得写得蹩脚而已。而这一本呢，我简直不舒服，我简直不愿看第二次，你看《松子》，是那末充满着一片阴暗的气氛，而《一月二十三》呢，算是一个摄影镜头了，东照照，西照照，中心点呢，没有。还有《团聚》，更是……我实在不希望读者花钱来买我这本书，我汇集起来不过作为我自己的一个纪念。我以后大半还要写文章，也许写得更坏，但将不写这一类型的东西了。这并不是一个很好的收获，却无疑的只是一点意外的渣滓，如若以后我还会有一点点成就，让这本书给批评者作为一个研究的或是证断的材料也好吧。别的空话我不在这里多说了。

一九三六年十月十一日自序

松　子

一阵凉风从冈子下爬了上来，走进那一片密挤着玉蜀黍的田里，带着一阵缌绛之声，又飘散向四方去。散布在窑外的远远近近的一些小灰堆，便一团团的卷了起来，熄了的灰烬就轻轻的向四方飞着。时而也有一点小火星从这里一闪，一个小红色的火花炸了开来，在来不及去看清的时候，就又消灭了，消灭在这灰暗下来了的黄昏里了。凝视了这些景色的，又显得有点不耐的松子，正坐在一堆碎砖上，时时将舌头伸出，猫样的舐着，饿狼似的那两颗眼睛，骨碌骨碌的又望到太阳下去的那一方了。那方有一线灰黑色的巨墙横睡在已经又变成暗紫色灰青色的天际边，这墙无尽的延展着，直伸到后边的那座大山去了，一到了晚上，那墙上，有着门洞的上边便放出三个亮光来，远远看去，那黄色的灯光，浮漾在这广漠的夜色里，只觉得有点凄惨。墙下边，一片已成为朦朦的，被树丛遮断了视线的一片之下，静静的放置得有几个小谷。松子所期待着，忍不住时时去望一望的便是这里的一个，一个最靠近这冈子的槐谷。其实坐在这堆上，是连谷里槐树的顶还望不到的。这时他又舐了舐嘴，便站了起来，提着裤腰，摇了几摇身子，回头去看了一下坐在窑门口的妈和爹，却不见了，只小三子垂着那几根黄毛在窑门口地上呆着，或者她在看一个小癞蛤蟆吧。于是他轻轻一跳，便踪在坪上，赤着的脚在土地上一步一步的跳跑过去，一点声音都没有。他敞开着他短褂的前襟向那太阳下去的那方走去。

野草送着一阵阵的幽香。路旁有几双蚱蜢飞起来，又钻到草丛里去，又有几个青蛙也让着这熟悉的松子跳到一旁去了。松子没有留意到他们，只注视着从谷底升上来的，已经溶进昏暮里去了的一阵阵的炊烟。而接着嘴唇，快乐的又把步子加快了。可是后边，跟着他后边，又轻轻的奔来了一个矮的影子，而且那一种气息已为松子感觉到，于是他掉头转去，可不又是那个小三子！小三子真不为她的哥哥所喜欢。因为她的出世，只成为他的一种责任，他背她，喂她，扶着她走，教她一切。而她却是一个最无用的女孩。她曾从摇篮里跌出来过，他为这事挨了很利害的打，可是她一点也没有受伤；她掉到塘里，他把她从水里捞了起来，她没有死，连病都没有害，而他呢，却几乎被打死了。到小毛出世后，小三子却还不能帮助他一点，于是小毛的抚养，也成为松子的事。在故乡，当他的父母都还有事做的时候，他们一到天亮到地主的地上去劳作了的时候，他，松子，就成了这家之主，弟弟和妹妹都必须要他做饭给他们吃。还得上山去检枯柴。小毛爬不动了就哭，小三子只会呆着，垂着几根黄毛，嘴唇上爬着两条鼻涕。她跟着他，像个可厌的影子似的。他有时也打她，可是她只仍旧用着骇怕的，希求怜悯的眼光望着他，而且又跟着他走，随他到那里去。他妈从前也曾养过几只鸡，鸡也该他管理。他妈也种过两畦白菜，菜也该他管理。他拾过粪，替人家看过牛，他做过许多事，但小毛同小三子总不能离开他。后来，一年涨水，一年天旱，田主也到远方去了。他们找不到一点事做，也找不到一粒谷子，他们只好在许多人后面乞讨着，走过了一些无人的村镇，也走过了一些贫乏的城市，一直走到这蔡冈上来了。这里就位置在一个“繁荣”的都城的外边。这冈子原是荒芜着的，后来便被这一群流丐盘据着，成为他们的棲聚之所。但在他们来此不久之后，便又来了一些人做了许多像大馒头的土窑，也来过了一些工人，他们蚁食着冈上的土地，把这些土地变成一块块的灰色的，红色的砖，用了载重的大汽车，不断的载走了。而这些流丐便也靠着这泥土将肚皮填了起来。为了他们低廉的工资，所以他们常常代替了一部分工人，得到了一些工作。好的时候，每个人在一天劳作之后也可以得两毛大洋。因此，松子一家也就在这半饱中拖下来了。不过，小毛却在有一天不小心将那小脑壳塞进了那载重汽车的大轮，一个圆的，有着短短的软发的头，立刻消灭了，在那头的地方，只狼藉着小小一滩白的，红的，黑的……可怕的一团。他的确毫无苦痛，他得了一口小白木棺材，他安稳的睡在里面，由他的父母亲自把他埋在那冈子的南面。可是他父亲却无声的把松子打了狠狠的一顿，有两天都爬不起来，只蹤在席篷角里的地上。连小三子也被她父亲踢了几脚。而他的娘呢，龌龊的，挽着草把似的头发，成天哭着，将这大的儿子做了咒骂的中心，他在她眼中，一无是处。她暴戾而且感伤。这使得松子不知所措，他在她面前，小心极了，连那玉蜀黍的稀饭，他也只敢吃一碗，就是偶尔在锅底里还剩的一瓢时，他也讨好似的把它残留着。可是，他却饿得很，他常常幻想着一些滋味，一些可吃的东西的滋味。他四处寻着，在垃圾堆里，他也悄悄跑到邻近的地方去乞讨，有时也可得一两个钱，他就拿来买饼了。这个饼是烘的，上面稀稀的有几颗芝麻，这真是太好吃，只是太小了。他有时也在那吹箫的担子上拿着一块糖，给他一个钱，或是拾来的一段铅丝，或是一个小玻璃瓶。他尝了这一些不够一嚼的好滋味，便感到饥饿了。垃圾堆上不常有好东西可拾，乞讨更是不容易的事，于是他只好偷了。他偷过不熟的玉蜀黍，他也跑到桃园里去偷桃子，他被打过，也被狗追逐过，但他的胆子和技巧也就跟着有了进步。他的眼睛和思想只放在一个地方，就是怎么可以弄点东西来吃。小三子也常常吃他偷来的东西。偶尔他娘也会不意的吃到。他娘不管这些，却还是要骂他，骂他不成材，骂他总有一天要被人抓到警察厅里去打死，而且她每次的结语，总是："小毛被你弄死了，我知道你一定还不够，有一天小三子又会死在你手上的。看吧，看我可会饶你!"

他一看到小三子又跟在他后边走了来，说不出的不高兴，他停了脚，鼓起眼，瞪着她。她于是也停了脚在那里，用可怜的眼光回答着。

"走！回去！不走，我打你!"他更虎视着她。

她无语的还是用眼睛求乞着。

他敲了她一下便又向前走去了。她没有哭，仍远远的跟在他后边。

这时天色已经完全黑了下来，他在一条弯曲的下坡的路上，凉风在他裸露着胸上拍着，他兴奋的大跨着步子，带跑带跳的，轻声的在草丛中的小路上一直朝下奔。而一大团的槐树丛，围着有一里地的一个谷子便摆在眼底了。这是一个颇形热闹的小村，在这一团大树丛里。星样的列着好些像图画的小茅屋。也有一排瓦屋。在白天的时候，这里常有一些卖零食的小担，有摇鼓的，卖一点针线，也卖一点花粉，手帕，袜子，也会有几个值五个铜板的喇叭，十个铜板的小球。这里恰有一条小溪，一座石板桥，走过石板桥，向北绕一段路，就看见一堵剥蚀得很利害的红墙了。这是一个关帝庙，住得有三个道人，他们全靠着庙周围六七亩地生活。他们没有香火的收入，可是他们都很勤快，老的道人已有七十岁，可是当太阳还没照到谷里的时候，也就拿着耙站在地上了。他们种了各种的菜和瓜。他们还培植了许多好看的树，除了一些槐树以外。他们力作着，他们也欠缺着食粮。有一种小的黄蝶把他们辛勤了几个月的包心菜全吃了。在往年这几乎三亩地的包菜，差不多可以卖一百块钱。他们另外还有两亩地的快熟的西瓜。他们几乎要跑两里路的地方去挑水，因为这里的溪水，塘水全干了，若是他们要让这西瓜干去，他们这一年就没有其他办法混过。然而这两亩地的西瓜就成为松子好久以来的目的物了。松子已来过三次，有一次失败，有两次也偷着了，不过都没有熟，也太小，所以在等了几天之后，他便又动身朝这里来。

他们刚一走下冈子，就听到一条狗从老远跑了来吠着，松子蹙了一下眉，便又转过身骂道："回去不回去，你？招呼狗子来咬你。"

站在后面的小三子，真是影子似的动也不动，响也不响。她是跟惯了的，她知道松子讨厌她，但是也只有从松子那里她可以得到一点东西。他骂她，打她，却保护她，教她一切，给一点可吃的东西，或者是一件检来的破了的玩意儿。她妈她爸从前也曾喜欢过她的，但是这一些可纪念的日子，她已完全忘了。从她的记忆力起，她只认定她的爸爸是一个可怕的大力的家伙，她同他们好像很少关系似的。而她妈呢，她的动不动的嚎哭，和成天的咒骂也使她不敢亲近。她是无用的，她胆子很小，她需要一个可靠的人依着。所以她明知松子不欢喜而也要偏偏跟着他。

松子看见她不动，真急了，走上去又敲了她一下，他压低着声音同她说：

“你想不想吃西瓜？你要是回去了，我替你弄来。”

她意识到她是妨碍他了，但她还是不想走，她一人怕回去，她希望他能带着她。

“我要告诉你，那庙里有两只大狗，它要吃掉你的。你又跑得慢，它只要一口就会咬掉你一只腿，你活不了，而我呢，爸爸要打死我的。现在，你回去吧，我望着你，你去在窑里躲起来吧。我一刻儿就替你带西瓜来。你一定要早点回去。当心啊，前天小纽子的脸，记得吧！”

小三子被他骇得软了，她望望前边，一个濛濛笼笼的可爱的小村，那里有甜的西瓜，有许多好吃的东西，却有着咬人的大狗，她望望后边，一个平躺着的山坡，伸展着黑暗，说不出有许多怕人的东西藏在那些草里，那玉蜀黍田里，那些从远处那座大山上来的怪物。她没有了一点力气，她感受着一种压迫，可是在来不及央求或是跟踪的时候，松子已经向狗吠的那方跑去了，只留下一句话：“快些回去了！”

从黑暗里像伸来许多手似的，小三子骇得只想哭，可是眼泪受一种无名的抑制，流不出来，而浑身便在一种痉挛之中抖着。她捏着心一步一步的走去。她是仍旧想追踪着松子的，却不知怎么走上一条上冈子去的斜路了。

他单独的跑了下来，说不出的轻松。他叱着狗，狗就跑回去了。他拿眼睛四方探照，这时还早，有许多人都还留滞在屋外。他躲避着别人的注意。轻声的溜走，他来到桥头了。他看见一大团火光在庙门外闪着，而那里发出叮叮的声音。他被好奇心所使，忙忙的跑到那里去看。看见有两个黑人在那火旁边的砧上轮流的用碰打着一块什么东西，一个比他大的黑孩子，几乎是赤裸着身体的，浴着一身汗，在那里跑来跑去。他慢慢的再挨近些，他走到一株桂花下，忽然听到有个声音说道：“你们是那里人?”“天台”另外一个声音在答应，原来这两人正坐在前面的石头上，火光把两人的线条画得很清楚。

“天台，凤阳都是大地方。这几年来，什么地方都不成了。你们这来有几天?”

“说不定，有许多地方没有生意好做，我们又只能打一点铲，耙，菜刀……粗活。现在许多种田人连这些吃饭家生都卖了起来，你看这种手艺还有什么用场。”

停了一会，那短胡子的又说道：“唉，过日子真不容易，你们一行四个人，每天尽吃也该不少吧？好在还有两个徒弟，徒弟总该不拿钱吧？”

“真是一年难上一年，米粮贵，我们哪里有得饱吃，还不是混混。徒弟，这两个东西才可恶呢！他们总是偷偷摸摸；有时一些打好的菜刀不见了，或是生铁不见了，还不是他们拿去换了钱？我是又得来给他一顿打，你看那个在烧饭的，他才有花样呢，刚才他不见了一会儿，而我们就少了一把铲子。”他说着说着便立起身，走到那坪上去了。松子也跟了去。这老板是连防备的时间也不给人的，一脚便踢在那黑小子的身上。吼道：

“你，臭东西，我们就该吃包罗面，而你，你偷着去买烧饼吃，你不打铁，不流汗，你却吃好东西，哼，今晚没有你的份！”

同时那两个打铁的便停了手，他们都走了过来，从一个悬着的铁锅去舀碗饭吃，而那个黑小子便在这里收拾着，他扮着鬼脸，流着汗，他拿着一个水桶，就朝井边走去。在走到黑地时，松子看见他挥拳头，吐口水，而且翻了一个跟斗，小声的吹着口啸，就没入黑暗中不见了。

松子不敢留得太久，最后瞥了一下那渐渐小了下去的火焰，便又在那些黑树丛下，曲曲折折的闪到后边去，那一片有着瓜的地方。

这是一个没有月亮的夜晚，只有着微微的星光，四野静静的，然而远远近近都响着蛙的喧闹。小声哼着的蚊子，也不时掠面飞过。松子快到这瓜田了，并没有惊起狗叫，然而他却看到在那边的田埂上，有一小团黑影，且有一个小小的红星在那里闪闪灭灭。他辨得出这就是那老道人在那里吸烟。他从来不念经，不磕头，他锄土，挑水，检柴，他很少讲话，他从没有笑过，他胡子是很白了，可是他若抓着来偷他的菜或瓜，或果子的，像松子这样的人时，会很不客气的使用那一对老拳。松子晓得这一点，所以屏住气，悄悄的傍着一株大树蹲着，望住他，也望住隐在蔓生的藤叶之间的大瓜。用大的耐心等候着。

老道人却悠闲的休息着那疲劳的四肢，慢条斯理的吸着烟，脑筋里一无所思，在凉的夜气，在这里踏步。他把老眼放在远远的，似乎是山的那边，又似乎是看不见的穹苍之中，不见得他有走的样子。

听着远远的狗吠，松子似乎更急了，他觉得肚子一阵阵的痛了起来，头也有点晕，他想鲁莽的去抢，到手后就拼命的跑回去，又想去扑杀了这老道人，既然已经养了狗，何必自己还来看守？他又想放弃了这里到别处去，然而那个瓜，圆的，有着红肉，一掏就溢着甜汁的瓜却把他钉着，他烦燥的想着许多不妥的计划。

终于，那烟火熄灭了，而那头上顶有一个小髻的道人，也站起身，巡视了一周，就踱着进庙去了。

心都快炸裂了的喜欢，他飞速的几蹿，就伏在一个果真是很大的母瓜上了。一阵清香迷满了他的嗅觉。他捧着它轻轻的在地上敲。嘴唇上挂着长的口水，眼睛里放着火样的光。他恨不得一口就吞了下去，他恨不得满抱着跑，他的手在打抖，全身也在打抖，他就要把那瓜敲破时，却忽然，真是太奇异了，一个声音就在他头上响着："干得好！"

他吓得几乎呆住了，好久才把意识恢复，他拔步想跑，而一只手，一只有力的手便把他捉住了。他把头侧过来，原来就是那黑小子。他看见他楞楞的望着他，他的声音是那样刁，脸上挂着奇异的笑，他并不敢就完全放心，他惴惴的望着他。黑小子又接着说道："干得好！"他笑得更可怕了，看着他。

他想跑，可是那手也就更抓紧了。他清清楚楚的又听见他说道："不准响，你一响我就喊捉偷瓜贼。听着我，我就让你大吃一顿，不过，得先来玩一下，嘻嘻嘻……"

他不懂他的，然而跟着来的一种手势，使他本能的骇得叫起来，而且拼命的胡乱的打着那个压下来的比他大的身体。他忘记了西瓜，也忘记了老道人，忘记了一切恐怖，他气喘的骂着。那个也不饶他，两人就在这西瓜田里滚在一团鏖战了起来。于是从庙前奔来的狗就狂叫着冲来，而人的吼着的声音也跟着来了。他们两个都骇了一跳。趁着这一刹那的机会，松子挣脱了，慌忙的逃走，后面追着几条大狗，追着一些散落下的石头，有几块打到他身上，他只无主的惶惶的不停的乱跑，他穿过这个村，一些人家开门来看，几十条狗都应着吠起来。幸好他没有被捉住，他逃到冈上了，一上冈，狗也就停止了追赶，吠声也渐渐稀少下去。他跑得一点力气都没有了，跌倒在这里。他摸着自己被扯破了衣裤，已经不成样子了的，他摸着一些坟起的地方，真是说不出的痛楚，有几处还湿漉漉的。他望星星，星星冷冷的闪着嘲笑的眼。他抬眼望着才来的那方，一片深深的黑暗，静悄悄的睡着的小谷，那远方，那有着巨墙的地方，凄惨的浮漾着三个黄色的小灯。他的难受的饥饿跑走了，代替的是更其难受的许多肉体上的疼痛，和一种被欺侮而又无告的凄伤。他用头枕着草，草已被露水湿透，草上的一颗萤火虫，无力的亮着那微弱的小灯，在前面飞去了，飞到无止境的黑暗里去了。他也有一点想哭，可是没有眼泪。他觉他需要一点什么，他说不出来，他却鼓着勇气又拖着沉重的脚步，忍着痛，一跛一跛的走上冈去，是朝着有着窑的那方。

这时的冈上，那有着窑的地方，却攒集着一群黑影，不知有多少人说话的庞杂的声音响着，还杂着一些喊叫，一些哭泣。还有几个小小的亮火也在那里荡来荡去。松子感觉得很惊奇，但他走不快，在还离有二十步的地方，他听到一个尖锐的哭声，那声音就是他的娘：

“我要死了呀，我的崽都死得这样怕人，我的小三子呀！小毛的头不见了，而你呢，连手足也没有。我的亲女呀！……”

松子的心像被冰冻一样，他全身寒颤，他瑟瑟缩缩的从人缝里钻过去，他似乎看见一滩血肉模糊的尸身，他不敢相信那就是小三子，那个黄毛的丫头。难道这又是那个吃了一岁的小五子肚肠的和咬坏小纽子脸的那个像狗的大怪物，从那大山上，跑过一些马路避过了岗位上的巡警而常来到这没有屋子蔽身的也欺侮着他们的怪物，那叫着狼的东西又来了吗？他骇得正不知如何是好时，又听到他的父亲在许多声之中大声音的喊道：“松子！松子！这狗养的小子，老子抓着他时，总要……”

于是松子又抖了一下，他悄然的转过身，没入黑暗里了。那无止境的黑暗里去了。

一切都又沉入安静的时候，只还流荡着一声声的那女人的，那娘的哀哭。

一月二十三日

仍旧下着霏霏的雨雪。天慢慢在亮。一条黄狗无声的踏过去了。

似乎还有赶驴子进城的，听得到一阵沙沙的杂沓的声音，从大路上传来。

什么地方的汽笛，也呜呜的鸣起来了。

卖馒头的远远的走进来了，接着是卖烧饼油条的。

有人家在开门，但随即又砰的关上了。

天气在冰点下三度，是几十年来少有的冷。

但汤老二的四十度的热，却还没有退，他听到老婆在脚头转动着身体，他也就转动着僵硬的舌头：

“有水吗？要水！来一点水好不好？我渴坏了。”

老婆不答应，心里默着：“今天又不能去了！”

娘在隔间窗里咳着嗽。咳了好一会，小珍子也跟着咳了起来。

“命不好，怨不得我，歇了几个月没找到什么事，好容易承侯先生的情，荐到二十二号去，凑巧我总奉承得他们先生还喜欢，却又来这一场病，不是命乖是什么!”这句话他念了几天了。本来是坏脾气的，因了近来常常要靠着女人洗洗浆浆和替人倒马桶来免强糊口，都变得低声下气，一等到病倒下来，就总是抱着歉似的。很怕看女人们不愉快的颜色。

女人们也缺乏温存，一天比一天变得只有烦躁和感伤，而且好像更显得自私起来。

“天呀，老天！你就这末不体贴人，你到底要下到那天!”不知是那一家间壁人家这末喃喃着。

天已经亮了，又是一个多么阴霾的天呀!

松柏树上全是雪，一堆一堆的，没有叶子的大树上，浮着一层白，一团一团的从压不住的竹梢上跌落下来。北风卷着空中鸟毛似的碎屑。在灰色的濛濛的冥冥中，在灰色的无底的云层中，埋伏着巨大的看不见的威胁。

一个，两个，还背得有小孩，几个女人从岗子上走下来了。互相都不说一句话，头上盖着一块布，腕上绾着一个黑色的脏极了的洋铁桶，桶的边缘上有些不整齐的冰冻。一些旧的稻草裹着她们的脚，她们在洁白的平坦的路上踏过去，留下一些污的脚印。有时也从那稻草的缝隙里，滴下一点殷红的血，或是不知是什么颜色的一些什么东西。她们朝着向城里的路上去，她们唯一的希望就在那些有着剩饭施舍的地方。

这样的人过去了好几阵。几个做散工的工人，也抖擞着身子，埋着头，弓起背，擎一把伞，踏着雪也朝同一个方向走去了。

一个卖菜的人，也挑着一担冻坏了的青菜向城里走去了。

有几家屋顶上飘散着一片寂寞的无力的炊烟。

“昨天赊来的那几斤面粉，做几个馍给媳妇吃吧，你听小孙子这两日都哭不出声音来了!”邱家的种菜佬，躺在冷坑上同他的儿子说。

儿子在把切碎的菜边和玉蜀黍粉往锅里倒，灶肚里一点火燃起来了，屋子里有一片跳动着的红光。邱佬像感到一点暖意似的，他把头转过来又接下去说：

“今年好冷，你妈的那件破棉衣，亏她还没熬出病来。她到那儿去了，呵，她是上毛坑去了吧。我就怕她生病，她比我大三岁，我听她鼻子塞了好一晌。”

里面屋子的媳妇蓬着头走出来了。脸上灰白的像外边天色一样，她从产后就没有一天好过，经常的轻度的热袭击着她，下边的血也总是不断的淋淋漓漓的淌着。她很容易心酸，一听到婴儿的哭声，或是一见到那折皱的小脸痉挛在苦痛之中，就禁不住酸楚的啜泣起来。她产前所有的一个光明的梦幻，在婴儿落地之后，一变为软弱，再变为无望了。

儿子望了她一眼，一个无言的理会，就偏过一边去，腾出灶前一块有火的地方。

她坐了下去，顺手又塞了一把枯草在灶里。她望着那火，那红的火，倏变的火，那火里颤动着一个婴孩，一个瘦的，鼻管和喉头都被塞实了的婴孩，他望着她，流转着一双小眼，他似乎是在叫“妈呀!”她还要望下去，却被一团烟，一团浓黑的烟淹过去了。她也不敢再望下去，她怕看见她所怕见的东西。她把眼睛转到走进屋来的婆婆身上。婆婆正在抖包头上和肩上的雪，一付干瘪的脸，一双枯瘦的手，她没有看她，她看到从锅缘上升上来的热气。

“不晓得好不好找点药来吃，小毛毛头的神气不对得很，我担心他会……”

媳妇说不下去了，声音里有点涩，俯下了她的头。

“药，什么药呢，这末小能吃什么药！依我看什么地方来两三块钱，雇个车，你娘儿俩都到卫上医院里去瞧瞧，那里瞧病不化钱，就买几贴药家来吃吃。”老婆子常有一种很天真的神气，她又用这神气望儿子。

儿子阴沉的垂倒着头，他不答应。

“我看，”老婆子又开口了，“还是上二十二号去碰一碰，不过就难为情一点，上次那五块钱，说好关了饷就还的，至今也没有脸去。他们自然不在乎，只是总难再开口：不过，也管不得了，我等下就又老着脸去求他们太太，下次关了饷总得匀出来归还才好。这是不要息金的啊!"

大家都没有什么说的，算是默认了这句话，媳妇又靠紧灶一点，觉得须要暖一暖身子。

大门外一只母狗也打着喷嚏。井边有汲水的声音了。

二十二号里的张妈也呵着手站在那里，等杜阿发汲着另一桶的水。

"汤老二呢?这末大冷的天。"老婆子在雪里拐了过来搭讪的问。

"是的哕，真冷!"张妈又望着自己那双红肿的，有几处烂了的手。"汤老二生病家去了。我真不想做了，想歇两天，自己做双棉鞋穿穿，太太又不给走啦，还欠我两个多月工钱，歇下来这末下雪天也是无处走。这水倒满暖热的，就是这绳子，勒到手上就像钢刀一样。在家也是苦，出外来更苦。"她把桶抛到了井中。

"你们先生的什么病，好些没有?"

"好些了。有一天晚上他在城里一个朋友处吃了许多东西，回来时受了凉，可把太太骇极了。先生从前也是做官的，太太天天说这都是'穷'病，如果在从前，有汽车坐回来，就不致生病了。"

"太太这几天好不好，我有点事想见见她……"

"忙得很，城里天天有老爷来，你没有看见汽车吗?前天王老爷拿了几百洋钱来，说是要散把岗子上的那些叫化。这钱还放在太太手里。好像今天还有一位什么郭大老爷要送一二百件棉衣到岗子上去吧。这也是我们先生认识的。”

“啊，真有这末回事么？我还以为只是讲讲的。张大妈，请你替我们去说一句好话，行不行，可怜我们媳妇同孙子……你是晓得的！”希望的火在老婆子的心上燃了起来，她忘记了那迎面打来的北风和刺骨的寒冷。

张妈挑起一担水，送来个鬼脸，轻声的说：“哼！我们太太！晓得她！”她运动着脚，冒着雪走去了。这条路已经被踩得很糟很糟。

这个消息马上被传到小屋里了。大家都很兴奋着。

这个消息似乎还传到另外的一些小屋了，大家谈讲着。

而且这个消息是老早就散布在岗子上，老早就被焦急的期待着的了。

“今天是二十三了呢。有个姓郭的大老爷要派人送衣服来。啊！我这什么狗屁倒糟的褂子该换下了吧！”

“那婆娘干吗老不把钱发下来，她说只一百多块，鸟信她，我看总该有三四百。”

“全是天爷不张眼，要不是这场雪，总该早发下来了吧……”

几十个小芦席棚错错落落的全躲在雪里了，低低的遮遮掩掩露出一部份褴褛的脸相。这里没有一株树一棵草去点缀一下风景，只是一片的茫茫的白色，没有一只夹尾巴的狗，没有一只湿着羽毛的鸡，没有一只小的觅食的麻雀。不看见一个生物，人全躲在棚子里了。有的三个，有的四五个，也有全空了的，那些赶早就进城去了的全家。棚子里有半方丈大的地方，地上堆着草，蜷着人，挤着一些破洋瓶，破罐子。一个什么装香烟的纸盒里，塞上了一团灰色的也许是蓝色的破布。一只旧铅皮做的灶，灶边乱竖着一束高粱杆，或是一串枯了的黄叶，那是他们小孩用铅丝在大路上拾来穿上的。芦席缝隙里吹进来有劲的风，和飘来凉的雨雪。他们望不见天，他们的门是闭着的，但他们却看见天，那个灰暗色的，而且会黑暗下来的天。屋子里什么地方全有冰冻，那些缝隙里，那些盛过水的罐子里，那条破被上，那些头发上，那些从夜里刚醒转来的鼻孔上，甚至那些心上，也全有些冰冻，幸而这几天来的消息，活泼了一下他们那僵硬的麻木了的思想，他们感到有人在关心他们，还要拯救他们。尤其是他们又可以恢复，他们发现自己又有了希望了。

“二十三了呢！”

“二十三又怎么样？”

“来查过户口的那个管事讲的，他不会骗人。”

“要那个钱也快点拿来才好，籴几升米放在家里过年。小狗子，大米稀饭好吃不好吃……”

“天快晴了吧！菩萨，你莫同我们作对！要是他们怕冷，我们就又没有希望了！……”

每个棚子里都充满着一种想望，都无事可做，都忍着饿和冻等着。

“十二月里来大雪天，家家户户要过热闹年，惟有我们没有家的人，抱着个花鼓，吞声忍泣在冷窑边。”

十八号棚户里的宋大娘，已经五天没有同着她的小妞子上大街卖唱了。她的小妞子在一个公馆门口被调戏着，她们快乐的去拾雹一样的掷下来的铜板，却不知怎么那公馆里忽然放出一只大狗，狗把小妞子咬坏了。她痛得哭了两夜，到现在还爬不起来。她曾走到张公馆去讨药，因为听说他家里有药，可是她被那可恶的门房叱着回来了。

在过去，当着有些大好的晴天，她卖得了几个钱，在晚饭的当儿，黄昏笼罩着大地，一抹抹的暮霭横贯在树林中，飞过一群群的归鸦，她总要高坐在废窑上，大声的唱着，成群的褴褛的小儿就围着她，拖着疏疏的黄发，拖着破的大鞋，舞蹈着丑的步武，然而却是天真，他们喜欢听她唱，他们和着她。但是这几天，无论那个棚子里，只要一听到她的歌声，就更打着战，谁有那末硬的心肠不怕听到哭似的，绝叫似的声音呢！

接着有几个人，忍不住从有口的板门边望外张，外边仍旧浩荡着长风和无情的雨雪，然而是什么鼓着他们的勇气，罩上一块蒙头布，瑟缩的走出来了。他们向着下边走。风卷着雪片，夹着雨，而且把人也卷在里边了。这里看得很远，却没有人去欣赏。他们偻着身体，动着迟钝的脚，雪在他们脚下响着吵吵的声音，他们走下岗来了。罩头布已经变成了白色，衣服上也斑斑点点留着许多白，黑瘦的脸上狼藉着一些雨水，模糊的看见有两个闪烁的眼睛在张着什么。他们不敢走到二十二号去，他们在那屋前停留了一会，院子里有两个小孩在玩雪。他们又走到屋边去，听到厨房里有碗筷的声音在响。他们咽着口水，怀着怅望，无力的，不舒畅的在雪地里又一步一步的踩着回去。雨雪把衣服湿透了，身上没有一丝暖意，冷得发痛，冷得连痛也不感受到，但那冷的身体里面，有个东西在燃烧，在发热起来了。

二十二号里这时正在吃着早粥。杨先生还躺在里间床上看刚才送来的报。有一碗豆浆放在他床边冒着热气。他已经不发热了，不过还有点衰弱，都以为他还须要多睡几天。外边吃粥的人有他太太和他的小姐，他小姐的未婚夫，还有一个客人。这位太太只生了两个少爷，他们还醒在床上的时候，就被饼干塞饱了。

“这个家伙我恨透了！”太太望着那扇门说，门上挂着了一个旧的夹门帘，张妈刚刚从这里出去，“不错，王仲是拿了几个钱在我手里，我人是穷了，差于他爸爸这两年没有在外边，可是这几个钱也不放在我眼里。我也不过为的那花名册人数不对，我们不能乱做好事。这岗子上的一些人，有多少，是些什么东西我全晓得。可恨这个家伙，她就风风雨雨，现在全晓得啦。刚才汤老二娘就跑来求情，哼，他来了不到四天——，我也是看他爸爸病得很，我又常常要进城——，倒有六七天没有来，还说是从我们这里‘过’去的病呢？张妈虽说工价小，才两块钱一月，可是外混；要不是我们，王仲他们肯常常给她一元两元的么？真是坏得很！”

客人只哼哼哼的应着，他是懂得这女人的，他不愿说什么。就像他住在这里，自然是因为杨先生慷慨，谁人不知是他依着他们，可是他也设够了法，当他看着狼狈于伙食的时候，狼狈于顾全颜面的时候。她实在只有用尽了方法压榨了他的。

“还有更可气的呢，老郭是什么东西，从前他逃命在上海的时候，住在我们家几个月，哪天不从我手上拿零用钱，现在他也要充面子，图名做慈善事，却不放心我，你既然在我们住的地方，也是因为我讲起的，为什么不把衣服先送到我家里？当然应该由我去发，这地方的人谁不知道全是我替他们设法来的！”

大小姐用着冷淡的颜色看着她，凡是她这末说的，她就那末说，她们的心里是永远闹着别扭的。

只有杨先生明白她，她也有许多苦衷，这次他的病，她请了医生来，又买了那末多开胃口的东西，洋炉子里的煤也加得满满的，张妈本来吵着要走的，这几天也不听到讲闲话了。他这两年都没有合适的事，钱少了，地位低了，他算不着；好些有位置的人，都受过他周济的，难道他还得求他们么？他们都不能太吃苦，这两年来，全靠了她一人张罗，自然也有许多连他也不过意的地方，但他不能说，他也不必说。

太太最恨这一家人，也许就是那一对未婚夫妇，譬如她现在正生气，而那一对已经不能上学去的人，却还舍不得不弹曼陀铃，他们昨天到山上去看景致，今天又在商量用什么方法可以到湖上去。爸爸早已没有官做了，他们却还要做雅人！她用力推开碗，很想找个理由来闹一下，却又想到睡在床上的杨先生，据最近从王仲他们的情形看来，似乎她们的生活很有一点新的希望。于是她忍耐着气忿走进里房去了。

汤老二娘的失败，顷刻又被许多人听到了。消息也像风中的雨雪一样，不停的向四方飘，飘到一些关着门的屋子里，一些冷的，阴暗的，显得空洞的屋子里。

“都是些鬼！这些穿长衣裳着皮鞋的鬼！”杜老板含着一根长烟管，也在他自己家屋里叹息。

“太太，哼，什么太太呀，我真见不惯，那么大年纪，还蓬着那一头二道毛……”老板娘坐在矮凳上临着窗口绩麻，腿里夹着一个小木箱，里面瓦缸里有一星星火。

“娘！到底是怎么回事，人家都说她藏了许多施赈的钱？”

“谁知道呀！他们有钱施赈，却要勒买我们的地，照市价也不肯，还只说我们老百姓靠地皮发了许多财，看你爷把那三亩地又卖了，明年春上拿什么来种，我们也快要人来赈济了！……”

“到了那一天，也许还安静些，这几年我们是一见到那些穿长衫的人来这里串，我们就得提心吊胆，藏在那顶呢帽下的，真不知是些什么鬼想头呢！”

他们有过一些地，一些破房子，可是慢慢的归别人买了去，别人在那地上盖上一些平房，或是洋房，拿着很大的租金。这本来不是他们愿意的，但结果总是这样，他们拿的一小笔钱，又不够什么，慢慢也就不见了。

杜老板是这样，隔壁的他的党兄生活得更坏，他们后边的赵老四还不如，咳，今年的冬天真冷啊！

不冷的冬天只有临溪洋房里的张公馆了。

“好雪，只是还要大一点。”这思想在裹在皮大衣里的张老爷的脑中滑过，他正从暖溶溶的屋子里步出来，清凉的风拂在他红润的面孔上，他觉得格外清醒。他的发亮的眼光搜索着一切隐藏在洁白的雪花下面的景物，他的鼻孔大的张着，在吸取这晨间的清醒的空气。有着小髭的唇吻，不自觉的在一种惊奇和美妙之下嗡动着，像他常常在一个美的女性前面一样。

汽车已经停在扫干净了的走道上，玻璃上面有着薄薄的一层雾。

有了苞的腊梅才使人担心呢。

老爷觉得很满意了，一脚跨进了汽车，何生接着又把门关上。他什么时候都做出一付在听着的样子。

“打电话到徐公馆，请他们太太小姐们来看雪，吩咐厨子多预备点合口味的菜。黎三少爷同少奶奶也打电话去请。”

汽车在平的甬道上走出去了。橡皮轮的两边，飞溅着一层雾似的水。

太太像解除了什么似的，松着一口气，又把身滚到床外边来了。她一点也没有不爱他，可是她近来在想着一个人，她很喜欢在没有人的时候，舒舒服服自自由由的想一下。她年轻，美貌，她受过高等教育，会唱，会弹，会画，会发表一点意见，当看过一篇小说，或一个电影，那些意见都是很高尚优美，正适于一个高贵的太太的。她很厌烦了那城市的生活，每天应酬着一些朋友，打牌，看戏，下午上咖啡馆，礼拜六的晚上便去跳舞，而且她是一天天的瘦弱了。她须要清静，须要空气，她们搬在城外来，然而她又恋爱了。她是常常要闹着恋爱的，恋爱于这些人就是一种美貌的营养，像苹果或是橘子一样。

炉子里燃着炽热的煤，窗帘还重重的垂着。有一缕水仙花香意流荡在房间。这房子是经过匠心布置的，全浮着一层温柔的紫色。一只猫贪睡在沙发边。沙发的靠手上有一本翻过的小说，里面大约讲着一个男人和一个女人的事，一些苦痛的甜蜜的那些生活的享受。

桌子上有陈设，一件古董，一束鲜花，墙壁上一幅字，再一幅山水。来一点音乐，来一杯美酒，但假如没有一点新的恋爱，没有一点传奇，一点诗，这够多么显得平凡和空虚。所以她恋爱了，而且她除了恋爱便找不到新的游戏。他当然也有他的佳遇，不过他不说，她也不问，她无须乎这些。他们平和的生活着，大家过得去，有面子，就够了。

她的心像这房中的气候一样，温暖，不太热。她的一双臂膀，全从宽大的睡衣里面裸露了出来，她望着那染红了的指甲，她想着什么，期待着什么，但这些思绪决不会烦恼她。

她听到了，她知道外边还在不断的下雪，气候仍在冰点下三度，但这于她有什么相关呢？这更安静的日子，正是她所须要的，她愿意单独深埋在这屋子里，让她幻想着一些奇怪的事，当然她有时也是很欢喜热闹的。

兰儿在梳装室里整理着家具。她本来想吃一杯凉水又懒得去叫。

有人在电话里说话。

小门开了，一个花匠送了一大束花来。

几分赠阅的报纸，原封的塞在废纸篓里了。

而门口又有什么人吵起来了。

“我还说是叫化，又是什么要药的。谁告诉你们卖药……”

“可怜我家媳妇，唉，小孩子……不管有什么药，讨点吃吃吧……”

邱家的老婆子颤抖抖的挨在那门口不肯走，几根白头发从包头布里爬出来，披散在额头上，脸上分不清楚是一些泪水，还是雨水，她那常有的一种天真的神气，在这时是完全消失了。

“这一起家伙讨厌极了！全是何生惹出来的。走，还不走，太太起来看到了又得骂我！”

铁门砰的又关上了，她被推了出去，她站不稳，就倒退了几步坐在地上了。她用力挣，想从雪地上挣起来，但那麻木了，失了知觉的四肢像在空中捞摸着看不见的东西一样。她想骂，也骂不出来，另外一个东西哽住了喉头，艰难的洒着一点点辣痛的泪水，她无可奈何的望着空中，空中像是无底的，四方翻飞着那不知从何处飞来的雪团，还夹着细的霏霏的雨。

一线欲晴的阳光也没有。

走来一条熟悉的狗，歪着头望着她。它背上的毛，全是湿漉漉的。

溪边有人在打冰，冰裂着，发出像碎玻璃的声音。

远处有汽车在叫，是上山去玩的吧。

另外一个淘米的也走来了。

两个，三个，那起进城了的岗子上的女人，背着孩子的，陆续的向着家蹒跚的走回去，家里还有人等着呢。

空着肚皮，蜷在棚里的角上，想着抵抗着冷和饿的妻儿的命运。这样的男子，他们也曾使用过他们的强韧的手和脚，用这手和脚养活过自己，养活过老婆，但现在，没有人要他们了，他们被休息着，苦痛的每天去打发那上路乞食的弱小的一群。

他们等着，这成了固定的希望，她们会带一点夹着菜汤的饭，也许是焦坏了的，也许是三四天以前的。如果还够吃，那一家就很融融了。

从前还做梦，梦想到有一天回去，那些生长了他们的土地又在他们脚下翻滚，发出很浓的泥土的香味。梦想到又有了二角钱一天的工做，他们可以买一斤面，或是可以喊老婆把身上这件破衬衫洗洗。后来什么都没有了，只想着："唉，快天晴了吧！让太阳出来晒晒，实在太冷了！"现在呢，他们可有一个新希望，这希望还没死灭：

"不是今天，也许明天要来的……"

"差几天就过年了，总在年前……"

"有了一件棉衣，就是风雪也就要好点……"

是的，是有个什么人来了，穿得有一件大雨衣，擎了一把伞，从远远的一拐一拐走来了。

“小黑子的爷，你看看呀！……”

“刘麻子，你出来，那个话怕真了！……”

“是不是那天来查过户口的？……”

“啊，来了啊！来了啊！”

一家一家的都挤到矮门口向外张，无情的雪便放肆的向门里飞去。

不只一个，又显出一个头来了。是的，是那个来过的人！

用着好奇的心情，充满了喜悦的孩子们，都缩着颈躲在大人的手腕下，咬着手指，嘴唇上挂着鼻涕。

雪地上有人迎上去了，却不敢说话。

“这岗子上好大风！亏这些棚子还躲得住，没吹倒。”

后边的一个已经跟上来了：“唉，晓得还早时，我们该在城门口烫杯酒吃。”

他只穿一件棉袍，他近来常常觉得背脊骨，胸骨作痛，尤其当着有点冷的时候。

这一对人站在这里了，他们踌躇着，巡回的四周的望了一下，他们找不到一个可以避风的地方。

“有人来过么？”

“没有。”

从开着的门里，他们望见了那里面的内容，那些破烂不堪的，几乎就是垃圾的，那末一些东西堆着，而地是湿的，还有雨雪在上面飘。而且每个家，都是有着那末一群脏的，冻烂了脸的，肿着手脚的家属。唉！这样生活的一群！他们居然也活下来了。

“冷不冷？这棚子不怕倒么，再要下点雪的时候？”他们忍不住要问。

“怎么不冷。昨天那边就倒了一个棚子。”“嘿……先生……”有谁这末答应了。

“是不是说要发点棉衣给我们……”更有谁像是在自语似的。

“今天大约要来的，你们莫急，发是总会发下来的。只是——老黄！我们还是下岗去，在什么地方借个电话打打。”

“赞成，赞成，歇在这里也不会有结果。最好弄点酒吃吃，实在冷得可以。今年的我这冻疮，是顶拐顶拐！”

没有人舍得他们走开，他们身上有希望，他们带了来，他们停留在这儿，他们怎么就能这样走开呢？心是比冷还觉得难受，他们什么苦都吃过，但是这一点点可怜的嫩芽，却经不住损伤了。

“先生……请屋里坐坐，……请再呆一会吧！”终于是谁有了这说话的勇气。

“到底衣服拿来不拿来?”接着这样放肆的话，也意外的说出了。

然而那两个人却懒理会得，他们又一个在前，一个在后，艰难的呼吸着冷气，朝着来的地方走去。

也没有一个人追上去把他们抓回来，虽说大家都有这样的感觉。

“难道又是骗我们一阵子就算了……”

西北风又循着每天的例，在下午又加大了起来。雪片也是更密更密的在风的纠缠里乱飞。人的心上，有一把看不见的刀子在割着。

“唉！大约又只是他们的一场开心!”

连影子也看不见了，这些送着影子下去的一群还伫立在门边。

宋大娘又唱起来了。

“十二月里来风雪永无边，……”

“也许还要来的，今天还早吧……”

他们等着，等着等了半天，果然又一个黑影慢慢的爬上来了。

这次可是一个女人。

这女人越近，他们全认得这就是二十二号里的杨太太。他们不只认得她，而且怕她，比有些男人还使他们怕。她的确帮过他们许多忙，常常找些人来周济，她也常常送一点东西来给他们做，可是你若失错走上她的门时，她也会比一条母狗还凶的把你打出来。有两次，大约是她后园里的石榴被偷了，也许是她厨房的锅子不见了，她就一口气跑来，几乎把所有棚子全翻遍了，她跳着骂，喊了巡警来巡警也怕她。她有阔气的朋友，她那些朋友的名字和官衔，巡警也全听到背得了。她也常常送点小菜给巡警们吃。他们都恭维她。

“啊，太太，吃过饭了吗？”

“啊，太太，冷啊！”

好几个都向走近来了的她打着招呼。大家心里又来了一个新的鬼胎。

“哼！我来看看你们的，还好，雪还没有埋了你们。”

“啊……太太。”

“哼。衣服还没有拿来吗？这些家伙，这全是我要他们给你们的。谁肯管你们冻死还是饿死。只有我，从前我也做过许多好事，我们老爷几十万家当就是这末光了。现在当然也做不了这末多。好容易才替你们弄了这批衣服来，可恨他们还不送来。”

“是的……谢谢……太太……”

“……只是……不知道几时有钱发下来……”

这句话不知又是谁说的，这很伤了她尊贵的心。

“钱，你们还不放心我吗？一年四季，想想看，谁还有我照顾你们。我告诉你，王老爷是我们顶要好的朋友，他是在××院，他答应我每人给你们一块，他又不清楚人数，只送得一百五十块来，一人才摊七毛来钱，我想想哪够，天天派人去催，你们还要不信我，我就不管了，我又不该管你们的！……”

“……………………”

“……………………”

“哼！你们，我是真看你们可怜，才这样……好，我回去了，明天替你们送钱来，一个人七毛，衣服假如送来了，先来知会我；他们清楚个屁。我不来，看哪个敢发！”

发着威的她掉头就走回去。她有点兴奋。她实在是个能干的人，就是太容易生气一点，近来是更狠，总因为事情棘手，又怕压服不住人。她从前做官太太的时候，她是从来没有这末想到的，她也同一起前进的妇女，开过会，吃过酒，现在那些女人都在机关上有了一个不大不小的位置。她们不来找她了，她们忘记了她，可是她倒更记得她们，一听到她们的名字，就起着一种说不出的怀恨。

回到家来时，家里并没有什么客。她觉得很空虚，她常常都在以为什么人该来看他们了，尤其是在杨先生病了的时候。

客人倒一起一起的到了张公馆。

“昨天的《歌后情痴》，真是太好没有了！”

“不，影片真不能动我的心，左右不过那一套恋爱，美国人的恋爱，真浅薄，……”

“哈……我们的‘沙乐美’又有了什么深刻的恋爱观了，可得而闻欤哈？吗……”

杯子里动荡着红色的饮料。

披亚娜的键盘上也响起“春天来到了”的歌曲：

“……我是应准了的吗，在今年的春天……”

斜横在软椅上的腰肢，仍画着窈窕的曲线，在薄衫之下显现着。不时有眼光从上面扫了过去。

炉子里也燃着熊熊的巨火。

外面依旧沉沉的下着雨雪。

天是在什么时候阴暗了下来。厚的云层，随着有劲的风，赶了来，去了，那更厚的又跟着堆来。人心上也有着云，这些云吹下去，却反随着天的阴暗而也阴暗了下来。

明天也许天晴吧，但心上几时才会有明朗来到呢？

棉衣服没有拿来，但总有一天要拿来的吧。

人骂着，在各个的小棚子里汹涌，饥火与怒火翻腾，小的孩子被打了。夫妇又不和，触眼的全是使人生气的东西，大家都没有体贴，没有理解和同情，在不顺的环境中，人就是这末变得易动，暴躁和残酷。

在另外的地方，另外的一个茅棚子里，邱家的小婴儿也正在阴暗的空气里挣扎，他是无知的，却本能的也要活，但后天的失于调摄，他没有营养，没有温暖，尽凭了一点点母亲的心是不能活下去的。他已不能呼吸，只时时摆动着手足，他睡在他母亲侧边，那个年轻女人只神经病者似的捶打着自己的胸，那胸上有块东西，压着她，使她也不能呼吸，她看不见她的儿子了，她没有思想了，只一团黑暗，无底的黑暗包围着她，时时把她吓得叫起来。

老婆子自从在雪地里打滚回来之后，就发热头痛，她也睡倒了，媳妇的歇斯蒂里和婴儿的濒于死亡，使她也像个小孩似的不断的啜泣。

邱佬这时也没有什么话好说，他知道他没有力量能抓住命运。死的，既然命里是注定得死，就让他平安的死去吧。他也没有力量可以使屋子里的空气变得冷静一点，既然是该伤心的也就无从劝好。他只默坐着，眼睛定在一处，是在等最后来到的将更可怕的时候么。

儿子已经出去了，他一看情形不对，他就想到处置的问题，他去讨一口小白木棺材，他忽然觉得让他有个小床睡睡也好，或者不至太冷吧。恰巧他又知道有这末一个地方是专门施舍这种东西的。

屋子里没有灯，是完全黑了，孩子不知在什么时候断了气。那小小的身体在微温的温度里冷了下去。

这个一直到父亲的回来后才发觉。雪光从一扇忘记关的门里照进来，看得见几个仓促动着的影子。

“啊呀！我不要活了呀，我要我的崽……”媳妇更加用力的撕着她自己，她搂抱了婴儿又放下，又发疯的捶打。

父亲轻轻的把那失去了生命的小尸身抱了过来，找一些破布片包裹着他，因为他想着外边是冷的，而他还须到一个更冷的地方去。

婴儿是瘦弱的，半闭着小眼，平平安安睡到小白木盒子里了。

老头子也走了过来帮着打那钉子。

两个女人就又狂乱的叫着哭着。

弄好了棺材的父亲，就又无声的夹着他，看也不看家里人一眼，就又从那开着的门口向暗淡的，被雪掩埋了的原野走去。

一阵猛烈的风扑来，把抢着要跟出去的年轻女人打倒了。老年人就顺势关了门。

有几个窗户里，那挂得有厚帘的，透出橘色的灯光。

孤独的在雪地里替儿子掘着坟墓的铲一铲的声音，被静夜的风播送到一些不能睡的人心中。

但不久连这一点声音也消灭，只剩着肆虐的风雪，霸占住这里的夜。

陈伯祥

在一群陌生的人中间，我看到他了。他又高又大，脸上全堆着密密的大颗的麻子，影响到不能辨清他的眉目和鼻，嘴是看见的，大约是比较大的原故。他坐在我对面的靠背椅子上，裸着上身，穿一条黄短裤，底下又是裸着的粗黑的腿。他似乎是在挤着，也许是瞪着那一缕线似的小眼睛望我，所以我也就把他打量了一番。

原来我们还该睡在一间房子里。

我们没有说话，只从他手上我接了一枝香烟，又是什么时候我也递了一枝给他。

从他同别人说话的口音中，我听到道地的上海话，我懂的十之八九，另外有许多口语，简直是我从来没有听到过的。

“他一定是沙眼，”当我用着他的洗脸手巾的时候，我自然的这末想，因为在早上我第一眼看到他的时候，在那不大看得见眼睛的地方，竟浮着刺目的两团绿色的眼屎，我当然没有什么犹豫还是用那灰色的小毛巾洗了脸，不过他一定有沙眼的这观念是在这时产生的。

比旁的两个人他更不离开这房间。他似乎并不会唱戏，也不会唱什么小调子，所以他总是静静的躺着。有时我疑心他睡熟了，望望他，他却在看书呢。大半的时候他都拿着那一本三十二开的有着灰色书皮的书。我故意捉住了一个机会跑到他床边去看一看那书，因为我也希望有一本书来遣去这长的白天，原来是一本三民主义问答。我问他这是一本讲什么的书，他告诉我他一点也不晓得。他笑了一个很天真却又有点意味的笑。后来几天书还是很少离开他的手。

常常吃着别人买来的瓜子或铁蚕豆，连别人买来要补一补身体的鱼肝油，也毫不客气的帮着吃。我就做了两次小东道，打了半斤酒，买了点烧鸭，他却又是最客气的一个。就是平常吃饭，他也是让着我的，只要我一离开桌子，那比较有点肉的那样菜，我就看到连汁都倒在他碗里了。

总是领到了薪水过后，常常看见他们买一点衬衫，胶皮鞋，袜子，甚至香烟盒，几种用场的小刀之类的奢侈品都买了回来，而他还是什么都不买，穿着一件怪难看的白色西装坎肩，和一条卫生裤，在走路的时候，便用一把大蒲扇掩着前面，摆着大八字的走了出去，或走了进来。天稍稍有点热那件坎肩便收藏起，背上，手膀上也布满了许多大麻子。

后来我们不只成天抽烟了。他拿了一付骨牌来，我们玩抢开，接头，扑乌龟，扑蝎子，他是这里面最能干的一个。他又拿了麻雀牌来，我们打两毛钱一铲，他也是显得最有心计，他常常提醒我告我。现在我们扰得很熟了，他时时逗大家笑，譬如他发九饼的时候，他就说："陈伯祥来哉，"或是一抓到三索，他就更挤着小眼问大家："像吧，嘿！"他赢的时候多，他居然拿赢的钱买一些酒菜，或者买几十个饺子请客。

有一天他收到一封家信，他来请我替他看看，我以为他骗我的，我不信他不认识字，我不肯念给他听，他再三请我，我只好念了，又解释给他听，他非常快乐的样子，显着浓厚趣味的笑说道：

"侬邪气好！"

接着他就恭维我一阵，说能识字是几多几多好，他一定要请我教他，可是后来他又说出字是一点用场也没有的，只有手枪才真使他羡慕，于是他说了些一段段的故事。有一次，那还是他在上海杨树浦的时候，他是一个汽车夫，他替一个亲戚运了几枝这个家伙，他悄悄拿了一枝，在旷地上，朝一只狗射击，砰的一下，那狗就跳起来，汪汪的乱吠，叫得不知多响，它并没死，子弹只打进它屁股，他却真乐，直到现在说起时，还不能不唏着嘴笑，而且连着说着"勿骗侬，真写意……"他又说，有两次一些人抓着他去开会，他几乎闷死，还给了他两卷纸头，要他去发，他就通通给了烧饼摊，他说："真正鸭屎臭，"他常常要加这末一句的"啥人要去看，就看了有啥格用场，弄得勿好，巡捕房里吃官司哉，打屁股，吃洋火腿，就算同侬客气，勿值得！有浪手枪，管侬啥人，先下手为强，拼拼总勿冤枉。我最恨最恨的就是纸头，有本事写写总归没用场格！"

过了几天，他也将别人买来的现成纸笔拿来请我写几个字，教他我就依他写了如下的几个字："陈伯祥，本事巧，臭虫咬，睡得好。纸上两行字，三天认不了！"他每天就把这几句话在口头上念，用笔点着念，他远不如一个小孩，我忘记他念了几天，总之，不特没有把字认进去，就从没有念顺口。他一念的时候，大家便笑他，他自己却从没有笑过，我疑心他就只想逗大家笑笑。

有一天，他要上街了，我当然不会知道是什么事。他却穿得十分整齐，条子纺绸的短褂和长裤，还有一双黑皮鞋。在稀稀的垂在低额上的几根黄发，也用了一点油梳上去了，摇摆着走出去，神气的向我说："晏歇会！"颇有一点大亨的样子。大亨两个字是他告诉我的，他常常故意同我说："侬吗，是大亨，阿拉是瘪三。"

回来的时候，他带回一把檀香木大折扇，这扇子同他衣服等等都很配衬，所以我说很好。他快乐极了，一定要我在那白纸上写点东西，后来我在那上面写了一个骂人的，大约是骂做官的故事，故事很幽默，他倒很满意的样子，题款是“伯祥大先生嘱书”。

他不只这一套漂亮衣，他还有几身，可是他在家的时候，连短黄裤都舍不得穿，他说要是在上海他老早就穿起上大世界去白相，他打野鸡就从来不吃亏，漂亮，架子，老门槛，我相信他并不全是吹牛。

日子太长了，我们大家像住在一个荒岛上似的，一天到晚不离那间大厅，全无事做，我就成天逗着他们说一些他们自己的故事。这些故事都很能动我，不知给了我许多知识。他们都是饱有经验，从生下地就不断的在生活里打翻滚，都过了许多奇怪的日子。伯祥也说了许多他在一二八运子弹的经过，他描绘了战争时的情景，他说得最好的还是他趁机会怎么设法硬骗了这辆车去做运子弹的事，而他在这种工作里每天可以拿四元钱，当然仍旧能够偷得到汽油。别人的故事只有比他更多波澜，但谁也没有他说得坦白，他说起一些社会上所认为不道德的事，我始终疑心他太夸张，也不明白他用意。

后来我们绣花了，他竟耐心连绣了两个下午。我担心他眼睛，就劝他，他像兴致很深的没有听我的话，我知道他也是太无聊的原故。

无聊常使这几个粗壮男人为一点点小事生气吵架，有时甚至几乎动手，但这里面有一个，从不同人冲突，也不劝架，这人便是他，他是几乎连站在旁观者的立场也不发表一点意见的。不过有一次不知道为什么，把一群人都叫到后边去了，说是同街上人打架，回来时，他述说他英勇的战绩，那种得意，我当时有点难于了解。他身上的确中了一拳，用酒揉了半天。

后来，就有几个正式跟我们读书，有一个读英文，有一个读中文写字，有一个欢喜读小说，他天天都要问许多他不懂的字。他们还买了一本《法网》我念给他们听，他们替我改句子，使句子更容易使人懂些。这时只有他，他无论如何不能跟着念下去，有时也自嘲似的又翻出我早些日子写的那张字条子来念念，于是他笑了，因为别人已不再笑这桩事。他就买了一个苍蝇拍，成天拍苍蝇，又把死苍蝇放在院子里地上，让成群的蚂蚁来抬，黄蚂蚁和黑蚂蚁又打起架来，他似乎看得很有趣，不大疲倦。

他常常替我着急，问我住得来住不来，同我讲上海，又同我讲南京的山，说他这还是第一次看见山，他是向来就不知道山是个什么样子。我知道他是在着急他自己，他一身的筋力，就全消耗在这一间房子，同我讲闲话，我倒有点替他苦。幸好有一天他就被叫走了。他是穿得很漂亮的离开的。过几天或七八天，他也仍旧来一趟，我观察他很得意，来的时候总还要买点东西给我们吃。来同我们瞎谈一阵，慢慢就又谈到女人身上来了。最后我知道他在供给另一个家。他还同我商量讨两个老婆好不好，因为他还有一个未婚妻在杨树浦纱厂，是他第一个老婆跑了之后刚订下的。

我离开那里的一个早晨，他凑巧也在那里。天濛濛亮，他穿的驼绒袍子，这使他显得很“大亨”的，他远远站着，我知道他在挤着，也许是瞪着小眼睛望我，我们没有说一句话，也没有互递一枝香烟，因为我对这事早已停止学习了。

这人轮廓在我脑子中保持很清楚，不过恐怕仍是不能好好的立体的素描下来，将来也许有机会，还要替他写一篇。现在可算结束了！

八月生活

——报告文学试写——

这宇宙

这间大屋子现在可热闹起来啦。我们有八个人都睡在这里，在我们身旁，还沉沉的睡着有十三张比我们更会喧闹的庞大的怪物。它满身穿戴着钢铁的衣，踏着钢铁的手脚，飞舞着，啸叫着，舐着油和墨，几十会，几百斤的纸片吞进去了，又吐了出来。可是现在他是沉沉的在大的牛皮纸下睡着了。我们八个人，八个新来的借宿在这里的学徒，就傍着它们也悄悄的睡下，我们是睡在牛皮纸上边的。牛皮纸就铺在这一块块刚刚褪去青苔的石板上。这屋子是真潮湿，已经有三个害了脚气病，天天喊着腿的骨节痛啦。我们也并不是安静的家伙，纵是在夜晚，好像都是死去了似的咧着牙伸长着四肢，蚂蚁，蚊子，或是别的虫咬着也一点不在乎的腿，不，我们并不会很安稳的睡去，有的从梦中吵着吵着醒来了，醒来了还要骂两声才又倒头睡去。有的大叫，声音又尖又锐连很远的地方的人也惊醒了。还有丢脸的角色，他会在睡梦里嘤嘤哭泣，像死了娘的小媳妇一样，也有喃喃说着的，也有将牙齿磨着，磨成一种怪难受的声音。还有老鼠，成群的，也常常来做着袭击，骚伤着我们，所以这屋子是连夜晚也不会很寂寞的。可是在我们来此之前，真想像不出它该是多么冷落，只要看了现在那时时都要粘手的黑黄色剥蚀着的墙壁，和屋角上残留着的霉烂青苔，还有许多不时从屋瓦下爬出来的绿色壁虎多足蜈蚣，以及张着网的大得出奇的蜘蛛。听说是有过很多怪诞故事的流传，但自从我们这一伙，跟在这一群钢铁巨兽来到这里之后，就成了很嘈杂的世界了。

这是一个古祠里的大厅，现在做为我们印刷所的机器房的。我们是把所有的年青的时光，都安置在这里了。

主与仆

底底达达，一个穿短褂的进来了，接着是穿工衣的，这种衣服最神气，而第三个又穿着长衫，这一群也足有十几个，他们是比我们高一级，师兄；高两级，师傅；高三级，领工；还有工头，工务主任。经理……是可以说是我们的第一个主人。

“猪猡，揩面水还不拿来！”一付全是瞌睡的脸，再加上投来的憎厌的目光。

“死人！账也算不清楚，便揩油！”另一付更加欺人的凶颜，像预备咬人似的。

这里是没有仆役的，学徒们兼当了这职务，三顿饭的时候便忙个不歇，忍受着呼叱与辱骂，竭力收着笑容，愁容，缩短着手脚，使占住的空间愈少愈好，免惹起注意，但我们似乎实在太坏了，一无是处，耳目口鼻都成了开罪之由，譬如就时时听到：“看那眼，贼样！”或是，“闭着你那鸟嘴好不好?”但如果生得漂亮了，我们里面当然也有长得很好看的小伙子，……不过倒也还是宁肯丑一点的好。这些主人们也不是全然这末凶的，譬如因为我们加倍的努力，替他们偷印了一些外快的时候，或是他们打牌赢了钱，他们也不吝啬一点笑容，甚至还可以给半枝吸剩的香烟。

在另外的时候，当早晨八点钟一响，不管我们的肚皮是不是也填了一点东西，而第二个主人就毫不容情的站到我们身边了。我们还穿着老早就该换下的满是灰尘和油污的脏衣。爬到这个怪物的身边，它是休息过一夜的，而它却的确是养活着我们的，这可爱的庞大的机器。它在昨天也经过一整天的挣扎，遍身全是汗，昨天上好的油，也排泄出来了。四处狼藉着黑墨。我们有时爬在它肩上，摸着那滚龙，还揩拭那巧妙的咬纸的牙齿，有时钻入它肚腹，扭紧一些锣旋钉，免得轮轴有动摇。再钻了出来，审视那些五六寸宽的，三四寸宽的皮带，这些可以咬去了手和打伤了脑袋的凶残的家伙，但当他们去审视它的时候，它是无知觉的，褴褛的挂在放光的钢轮上。有着破损，带着病，一任我们去播弄。很快的这将军样的东西便在我们灵敏的手指下，从疲劳的污秽中又恢复了闪亮和精神，成为了一个很有气概的主人样子。却还要去喂饱它，每人提着一个长嘴的油壶，在每个小孔里各灌进一滴黄色的浓液去，一直到它们满足。于是这更显得寒伧的我们一群，便么么喝喝抬下那些胶卷，大的和小的，堆在一处，消耗着多量的水，也消耗着大量的力，一根一根的，把这个最脏的，不断的舐着油墨的巨舌洗得干干净净的又搁上去。要是那些排好板的盘子已经装好了的话，同时又不必贴滚龙，贴滚龙真须要许多耐烦和细心，那马达便可以开动。马达一动，嘶……轧……轰……，不知许多分不清的声音便混和着，揉出另一种燥耳的喧叫，整个机构都有着旋律的转动，牙齿一张张的咬着白纸，吞进去迅速的推着胶卷又卷入滚龙，另一个牙齿又咬着另外的边缘，于是，印满了黑字，轻轻的被吐出来，平平的堆积在那里，不断的熟练的吞着又吐着，而响着振脑的啸闹。

胶

一看到师傅们也苦着脸感到麻烦的时候，我们也许要搭上一两句，软和着声音说："师傅！买外国胶好了，为什么不买外国胶呢？外国胶不是好用上一个月正或可以两个月的么？”

“操勒娘格屄！”我们也懂得这决不是骂我们，也不会是骂经理或主任，不过话总得这末开头，接着是一声沉重的：“爱国呢！”

如果我们胆子大一点的话，我们也会体会他的意思问：

“师傅！这机器，这纸张，这……是外国的，还是中国的呢？”

“关你卵事！”自然还不是生我们的气。站在大灶边加着煤块的，或是站在高高的，用长木棒搅和着桶里的胶的我们，却悄悄的笑了，大的熊熊的煤火的光映照在一群斑斑点点盖在长发下的瘦脸，似乎看得出有一丝满足，但到底快乐着什么呢，怕自己也并不会懂得的吧！

师傅当然也理解外国胶的价值是超过了学徒的劳力。不过也只好随着经理说什么提倡国货啰，而我们呢，我们能懂个什么，我们只是一群脏的蠢的学徒。

这锅炉真不小，每次总要容解着六七十斤的胶，是道地的中国牛皮胶，水因了猛烈的火在放胶桶的大锅里沸腾，那硬的固体，便慢慢软化，一直到像糖的东西。然后把这些溶液注入胶筒里，是有着十几斤重的两块半圆柱形的铁片，当中再加上一根有罗旋的铁轴。烫手的胶液在这里睡上一会，又慢慢凝固了起来，冷了，成为一个个的胶卷。舐着铁板上的油墨，又舐着排好的锌板的东西就做成了。

不过这个太不经用了，在运动了两天或三天之后，便开了裂缝，于是又从那铁轴上剥下来，再做。一部机器上有七根胶卷。做一次大约要四五个钟头。

一片杭育

“杭，杭唷唷海，海，海唷……”

排字房的学徒，捧着盘子，一个盘子里放好四块十六开的锌板，哼着送来了，我们不期然的会给他们一种笑容，因为想得到的叱骂就会落在头上来的：

“死人！这也要哼！”

“饭桶！只会吃饭！”

反转来，当我们把盘子从机器上拆下送回排字房去的时候，也常常要不觉的“杭唷海，杭唷海”的哼过去。于是他们也回答着示意的笑容。但大半时间是不哼的。因为这铁盘可不算太重啊！同我们背着那些胶筒时一样的不准皱眉也不准歪嘴。抬着大的铁锅，或挑着水的时候，为什么也不准我们出一声呢。我们是很喜欢唱着的，为的唱着唱着好减轻这些从肩上，手上压下来的重量。

不过有一个时候，我们是放量的哼着，就是我们从堆纸房背着那些报纸，瑞典纸，道林纸，厚磅纸，毛边纸，以及各种做封皮的纸，经过走廊时候，你去，我来，彼起此歇，我们喊着，“杭唷海，杭，杭……”我们的脸在整令或是半令的纸的重压下，红着，红到发紫，汗湿透了衣服，头发上也垂着汗滴，手脚都麻木了，却又机械般动着。喉咙里压出这一片杭唷，而这一片声音配合着一些机器的转动，也许要闹着一些人们，但在我们自己似乎倒不听到了。听到的时候，是看到那些折纸房的学徒将这些印好过的纸又背到折纸房去的时候，他们是一群多么丑小的动物啊!

一令纸有六七十斤重，一个钟头可印完，一部机器在一天之内如印六个钟头，则须六令纸，同时这十三部机器转动，是七十八令。七十乘七十八是五千二百六十斤。来回一万五百二十斤，仅仅这一项的搬运，是多么大的数目了啊!

离别

时间一天天的溜走，我们这里没有阳光，缺少着空气，过去了夏天，过去了秋天，而寒冷的冬天却跨着大步威胁着来了。机器的跳动弛缓了，师傅的脸像十二月的水，我们的工作减少了，我们的叱骂也减少了，却又来了另一条鞭，这鞭不只恐骇了我们，连师傅们也严肃起来了。他们多半都是有着家室的。这一个星期来，都是谈讲着我们的这印刷所要关门的事！多么可惜啊！我们的机器！这张我条理熟了的全张机，你那张对开机，它们要停止活动，要被出卖么？我们不只不恨我们的师傅，反形得和气，但经理老早就不来了，我们交涉过，却一点用也没有。终于在有一天整个机器房，这亲切了八个月的大厅，以及其它许多部门全停着了活动，我们被遗在这陈死的尸身间，找不到出路，也找不到归宿。彷徨同着饥饿的胁迫来到了这里，弥漫着一片凄惨。我们虽是无处可走，但一天，两天，挨到最后一天，仍被赶了出来。抛在街头，拿着几个算剩下来的工资，那每月八元，却又扣去火食六元的余剩，在这些余剩里还加上了陆续的罚款，为了偶尔的错误。我们，连同我们师傅都无言的分了手，互相找不到一句安慰的话。这时才觉得我们是多么亲热的一伙啊。

在以后，另外的地方，我们当会又遇着另一批亲热的伙伴，同时在一块又流着汗，消磨着血肉，把我们的劳力与时间，更廉价的出卖着。

这八个月是结束了，这我们会诅咒过的八个月！但假如我们都还没有找到另外的地方，而流浪在街头的时候，这八个月又该是如何可羡慕的呢！

团聚

一

搬到乡下来住，这是第三年的开始。今年的春虽说来得迟一点，一眨眼，也就快到清明了。去年播的柳枝早已发了叶，稀稀几丝向池塘里弯着腰身。几株小桃花也夹在里面染上了点点的红。远近的群山，那些不大的，全植着老松的苍翠的群山，也加了可爱的新绿，而且在这些嫩草中，或是布满了苔藓的岩石边，一丛丛的野杜鹃，密密的盛开了。有阳雀，也有许多奇怪的，拖着白色的长尾的鸟儿煊闹的啼着。还有一种顶小的莺，在黎明的时候，就开始了委婉清脆的歌喉，从这株树上飞跃到那株树上。一些小虫，爬着的又有些生了翅膀，飞舞着花衣，在春天的景物中穿来穿去，一切的东西，静着的动了，死寂的复活了。随处都探露出一种气息。是“生”的气息啊！

可是在屋子里，在这栋虽经过改修，却还是显得陈旧的屋子里，在那有着火坑的一间，火还是不断的熊熊着。这都是些在冬天便锯下来的老松树的根。常常因为没有干透的原故，和为了省俭，在柴的上面又加上许多谷壳，火焰便小了下去，浓的烟一直往上升，在梁柱间打着回旋，慢慢地从有着格子的门上边软软的飞走了。所以在那些常为烟留连过的地方，一丝一丝的全垂着长长短短，粗粗细细黑色的缨络似的东西，这屋子就更现得幽暗。围着这坑的周围，经常放得有几张大小不等的柳木圈椅，家里的人一在没有了事的时候，就可以全聚在这一间，在冬天，尤其是有着一点热茶，更加上有几个大芋头在热炭中煨着的时候，是颇有着一种家庭的融融之乐的。不过在这时，已开始了春暖的明朗的阳光的。这时，大半椅子全空着，只有在一张最大的上手方的圈椅里，陆老爷还仍拥着一床破了的狼皮毡子高踞着。没有什么人来陪他。他是做过官的人，他很有修养，他不大喜欢发牢骚，有时拿一本小说看看，但一听到有脚步声在近处响着，便昂起头来听，他实在希望有个人进来谈谈。若是这走过去的，是那小女儿贞姑的话，便总是先捻一下那胡子，喊道：

“来，唔，来装袋烟！”

一根一尺多长的旱烟管便放在他嘴上了。这根烟管跟着他许多年，经历了半生荣枯，翠玉的咀和象牙的斗，由晶莹而浮着不洁的焦黄。自从搬到乡下来，全吸的是自制烟草。

“爹！这烟臭得很！”贞姑在装着烟的时候常常要这样说，或者就说：“这烟有什么好吃，我真不懂你，爹！”她并不很喜欢这差使，虽说她爹每次看到她的时候，看见她棕色的脸蛋全漾着天真和生命，他自己便感到一种轻快，在那老年的空虚的心境上得了另一种满足，他总是那末和气的答应她。

“唔，很好，这是自己园子里种的，你妈也会做烟叶了，这没有掺假。你不懂，你还小，唔，香呢！”

陆老爷是一个快六十岁的人了，前几年还很雄的，他本在一个公司里做着事，事情总算还好，但又是什么九一八，过去了，又来了一二八，虽说他并不大管这些事，可是公司却不能不受了影响，关门大吉了。亲戚间因这次失业的很不少，他奔走了一阵，也就只好退回到家里去，想靠着一点祖田拖延着日子，然而在少年时便显赫过了的这落漠的晚年，是很不快意的，因此很快的便露出了衰老，尤其是从去年初秋时候的一场大病，一直到现在还不能复原。

这病本不是什么了不起的骇人的大病，不过一直有半年。他实在不大清楚，常常呓语，手脚也因为神经的失常而麻木，而失了知觉。他经常无非喃喃着，问着那失了业又失了踪的儿子的消息和自动的辍学回来的儿子的前途。后来这儿子在邻省找着了一个小差使，于是背了一付小的铺卷和大的野心动身走了。而那失踪的也有了下落，留住在一个堂房的兄长家里，等着他的幸运，年轻人总是有着许多为老年人不理解的狂狷和夸大的。于是他的病才又慢慢的有了起色，然而一直到现在，虽说早已显得恢复了痊愈，可是总是怕冷，常常一人留在这无人再愿进来的火坑间。往年的情形决不是这样的，就是他自己也常常感到。

“爹，今天太阳好，把椅子挪到外边去坐坐好吗？”年纪比他小了二十岁的续弦太太，还保存着一付年轻的人的兴致，每天总要这末问他一两趟。她现在成天倒卷起袖子，忙着厨房，忙着下塘洗衣，忙着要照管小的儿子把猪食，虽说这年她又喊走了一个唯一可以帮助她的姑娘，她还不怎么觉得辛苦。她的小儿子，和第四儿子都被停止了上学，在她是还以为热闹的。

“风，有点风吧，我有点怕风，明天再出去吧。”老爷这末迟迟疑疑的说了。他一天天的推了下去。他有一点想见阳光，却实在在身体上会感到一种压迫，他宁肯蜷在他这幽暗的屋角里，想着过去，也想着将来，他还会放一点美好的梦在不可知的期待里。虽说他已是一个很明了的人，但，总有：“到了那天……”像这个那天的感觉，确是常常感觉着的。

“好，不过这火烘久了也是要不得的，你得担心你自己。”从前她也许没有现在能耐劳，在搬到乡下来之后，她的确在不得不的环境里，洗刷了许多浮华的太太气，她学会做许多事了，不过，做一个太太应该有的温柔，也就渐渐的减少去，自从去年她丈夫病了后，她就更在强硬之中自主了起来，由一个完全附属的地位站到半中心，有权主持大小的家事，哪怕纵是一个很小的家。

他也常常感到一些意外的不驯，却反更爱她了，有时受了像申斥似的容颜，这是在他的少壮时代和他的性格上都是不能容忍的，他也无声的宽容着她，连最小的贞姑，也意识到爹是越来越和气，甚至可以疏忽一点的了。

这几天他常常想着一桩事。他盼望着他的长女，她是一个已嫁的长女，她从小就没有母亲，并不能同后母住得很好，嫁得又不如意，前几天就带了信，说是要回家来，什么理由都没有说。他是最爱她的，爱到使兄弟们有着无言的嫉妒，其实也不过由于同情，他怜悯她一些罢了。

“为什么呢？这孩子，……”他时时这末寂寞的望着在空中飘的火焰。火有时舐着一把铜水壶底，这壶穿着一身厚的黑衣，被悬在一根倒挂下来的柳木叉杆上的。不时从那里放射出一团团的白汽。

太太也帮着望了两天，后来就忘记了，偶尔听到提起，却又失去了兴味，而且她想着那个已被辞退的姑娘。

她担心这位姑奶奶能不能做她自己一部分的事。她应该晓得前年的大水和去年的旱荒很影响他们的家，使他们更难于支持，越陷在拮据里，简直是惭愧的苟延着日子。

他希望着，一个人悄悄的想，想着她小时垂着两条小辫在家中使性子，她从小就有一种气概，任何地方，任何时候都不失去一种尊严骄贵的小姐气概，她进了学校功课最好，人人夸她，她很会交际，有许多次她代替了后母，走到一些必须的地方去应酬。他又替她选好了一个名门世家。谁知这公子却是一个最坏的浪荡子。命运于是便把她毁了。她的终身只成为她爹最心痛的事。就是她不回家，不在他面前埋怨咭咕，他也几乎无天不怀念着她的。

终于有一天她回到家来了。

二

这天刚好又是好天气。他们家的长工赵得福又下了田，他们的妈，这时正坐在门外边弄草，莲姑，那个比贞姑大三岁的女孩也坐在一株桂花下缝鞋帮。贞姑是受了命令要她陪父亲的，但是她常常要跑到外边来，她才七岁，什么也不能做，可是她喜欢看她妈，看着她姐姐，她更喜欢跟着小哥哥去招呼鸡，那些在竹林里跑着的鸡，和那些披着白羽毛常在塘中游着的鹅。而且看大河，几个鹰，平着大翅在青空里划着圆圈越飞越高，越高越小，她看不清了，闭着那疲倦的眼，向往着那些看不见的远处，但是只要一听到“啸啸……”的鸣叫，便又猛张开眼去找着它们，那些她最爱的鹰。这天她跑过了坪坝，她丢掷着几根偷来的油菜花，想到塘那边，昨天小哥在那里采了一束紫色的野花，捉到了一个黑蝴蝶，还有一个绿色的小得可怜的蚱蜢的东西。她在草丛里走，这里全开着小的白色的雾菜的花。她独自一人在这里玩耍得非常酣畅，但不意的她却受了惊骇了。

“贞姑！贞姑！”

她从草上抬起头来看，她手上还拈着一根三个头的苜蓿，她看见从坳边走了来的她的大姐。她还认得她，她擎一把黑洋伞，挟一个衣包，珍儿背在来发背上，她们一路走了拢来，她喜欢珍儿的，她快乐得很，她朝回家的路上跳着跑了回去，大声的叫着：

“妈妈，大姐回来了！”

莲姑也站起身来看。

她妈也慌忙起来，一身全是草，她还只将一半的枯枝团成把子。手上刺了许多条印，血在薄皮上隐隐的跳。她边用围裙拭着手去迎接这远归的小姐，她看见这萧条的行旅时，暗暗的惊诧着。

来客望着她，也敏锐的感到一种气氛，“贫穷”这个字眼一下就跳进了脑子。她觉得很是酸楚，她们互相握着手，半天说不出话来。

“爹呢？他老人家病好啦吧？”

“在火房里，他怕冷。”莲姑抢着告诉她。

“是，今年不知怎么的，你爹一直到现在都还离不开火，我真担心他又得病，不是清明了吗？”她开始抖着身上的和头发上的草屑。“你怎么就这末三个人走来啊，珍儿倒长大不少了。”她顺手接过那大的衣包。

“让我看看他去。”飞速的，这来客一直朝里跑着，她看见家里一点也没有变更，只是更显得陈旧了些。春的阳光似乎并没有把这房子照明亮。

从那向东的小屋里，透出一阵阵的烟味，她凶猛的朝那里奔去，她大声的喊起来了：“爹！爹！”这声音那里揉着欢欣，哀怜，感伤等等的情调。

“嘻，是凤儿吧！凤儿！凤儿！我望你这一晌了！”

凤姑一走进门坎，眼泪便汹涌了起来，她扶着他的椅背边，不断的啜泣着，她恨不得扑到他怀里去。

孩子们都挤了进来，珍儿扯住妈的衣。

陆老爷也被她骤然的啜泣弄呆了半天，只说：“何必呢。嘻，压制一点，有什么委曲，慢慢说吧！”

她坐了下来也是一张柳木的圈椅上，那邻近着她爹的一张，她用一幅大白手绢，拭那垂在眼边的泪珠，那泪珠为火映着，闪闪有光，晶莹欲滴。

这时她们的妈，陆太太也脱下了围裙，捧着两个茶杯走进来了。她搭讪着说：

“凤姐！你看他的气色，总算不错，去年真把我骇死了，那时真想你回来，姐夫又生着病。只是头发白的太多，你看眉毛和胡子也花了。你也难得回家，莫伤心，我们今年是荒，你还不晓得早就连谷种也吃了，二叔家答应借六担谷子的，过几天去挑。要不是你三弟寄了两次钱回家，也有十多块，我们还不知怎样呢！”

她倒了一杯茶给她，又打了脸水来，她把小孩子全安置在外边了，于是去弄点东西给这远归的客人吃，她搜罗出一小袋玉蜀黍粉，可是没有糖，她就到菜园里去寻葱，做几个葱油饼。

“唔，凤儿！去年一场病，我真怕见不到你了，还好，又好了过来，你听说二儿现在什么地方？你怎么瘦了，颜色这末青，你是坐轿来的，还是坐船来的？”

“坐船，在仓港上坡，一路就走了来，心想十来里路，不算什么，走走却要好大一歇，又加上一个衣包就觉得累些。爸！你近来是真全好了么？”她眼光不觉的望到了那埋在粗糠下的燃着的柴火。

他也望了望火，他告诉她他是完全好了，有一些怕冷却不能算病，老年人了，气血不和，一冷就觉得骨节痛。往年他不是常吃一点酒么？前年刚下乡，他们还煮了两担谷子的酒。后来又搭别人酿了一小缸，去年年成太坏，冬里又加上病，就一点也没有了。他说没有也好，横竖酒这东西于人并没有什么大益，不过可以和和气血。

可是她却回忆到他过去的豪饮，一两斤的汾酒，是不会醉的。尤其是一种晚饭前的习惯，每次总是照例三杯。她很不舒服，以为这都是后母处置得太过。她恨自己忘记带两瓶酒来。

她把衣包打开，检出两包机器挂面，这使老年的父亲很高兴，还是正月里有人下乡姑母带了几斤面来，以后就没有吃过，他是顶喜欢面食的。她还买了一包京冬菜，一包榨菜，和两瓶味精。她是懂得他的嗜好的。

“么儿来，把这些交给你妈，要省俭点用，喑，乡下有钱也买不出这些东西来。”

这小兄弟已经全变成一个乡下孩子了。棕色的脸，和棕色的手脚，头发蓄得很长，礼貌也缺少了。他会帮着赵得福看牛，他能汲水，他上菜园，种瓜，他也下田，拔草，可是他还得做他最不愿意的事，就是每天得写一页大字和一页小字给爹看。他常常因为没有进步，爹总是显出一付不高兴的脸：“你不是种田人家的子弟呀！你要记着，喑，你爷爷是……”

“凤儿！你看这东西，”他等他么儿走去后便说道，“他简直不想读书了，明年若果你三弟事体好些，我还是让他出去上学。难不成就看牛算了，到是二弟找到事，老四也就出去跟着他。这种泥巴学堂就不必教了。喑，你看好不好？”

“什么泥巴学堂，我不懂。”凤姑一边包着衣包，一边问。

“唔，也实在没有法子，就是在前边祠堂里有一个学堂，去年就没有先生了的，今年村子里的人来商量，我就要你四兄弟去混混，一节也有十几块钱。什么学堂，就是看牛，看住那一群野孩子。唔，有时村上的人走过，也好有个落脚的地方，吃一杯茶。有时真还有人寄一条牛在你学堂大门口，说，‘喂，先生，费心照管一下，我就来的。’好在你四兄弟人老实，还肯去，自然这是很丢脸的，不过也没有法子。”他接着还形容了一阵那些赤脚的学生，他们又蠢，又狡，要不有这位老爷的名头，那忠厚的儿子是无法管理的。

这些消息都是新鲜的，然而却不是使人快乐的。她渐渐有些仓皇起来。她迟疑的不敢告诉她这次回来的目的。她只听着，而且注意着，她看见父亲却是老了许多，尤其是那摸着胡须的时候，手似乎时时在打战，颜色并不好，穿的还是很旧的棉紧身，袖口边的棉花都露出来了。棉鞋也是很旧的，除了在眉目间还保有一种曾经过长时间修养成的威严和锐利的神情之外，看来也不过只是一个有些褴褛的老头儿。何况这些威严和锐利又都被善心和麻木弄得很模糊了呢。而且这声音，是多么无力多么空洞啊。

她现在不再哭了，对于家中贫穷的同情，缓和了对于自己命运的悲苦，她絮絮的问起家里的事来。她知道大兄弟还继续着那个小差使，在华北一个小县城里的什么税卡上。连外混一月也有三十多块钱，但是他有一妻，两个小孩，他曾在大学念过书，却不能找到一个更好点的事。他是没有嗜好的，应酬却不小，每月的份子，至少常是七八块，他很想给家里一点津贴，这又只能成为希望，不过从近来的来信上看，似乎到老成了许多，那些怨天尤人的空话是日渐其少，成为一个能安分的良民了。二兄弟，这位有着冲天的志气的最聪明的一个，在父亲的失业之后便找到一个颇好的职业，却因为锋芒，好指弹上司，不甘于同一群醉生梦死，蝇营狗苟的同事亲热，于是一再申斥按着就来了开除。大约还有一些不可告人的秘密，家里人也无从揣测，他就失踪了，两个多月打听不到消息。幸好他又在×埠露了面，现在安居在宗麒堂兄那里，他是不大来信的，来信也无非满纸荒唐，什么宇宙人生。只有三弟还算好，他是去年年底到邻省去的一个工人子弟学校教书。一月有二十块钱，他是比较脚踏实地，曾寄过一次钱回来，但最近又快一个月没有信来了，家中人都很望着他。她又问一问家里的实在情形，但爸又似乎并不十分清楚，他常常重复着过去了很久的话说着。

到晚上她又哭了，后母也看得出她为难的情形，她的宽大的夹衫并不能遮掩那突出的肚子，她大约有了八个多月的身孕。

“唉，爹还没有问，要是他晓得了，……”她伏在床上嗖嗖的哭泣，这床还是去年他三弟回来时架上的，现在睡着她和她的珍儿，小小的脸因为疲倦睡得很香甜。

“姐夫也是……”倚在桌头的后母，凝视着小美孚灯的黯淡的光，想不出什么可以慰解的话。

“他横竖是自作自受，”凤姑又把伏在枕上的脸抬了起来，脸上挂满了泪珠，“可是我……我又不能眼看他受苦，别人要骂我的，照我，我真恨他恨得要死，你看那痨病鬼样，磨折也很够，他偏又不死，他活起就为了要害我，真是前世孽！娘！你看我好告诉爹，爹想得出办法么……”

这事在后母的意见是无论如何不能告诉爹。因为无用处，当着这青黄不接的时候，一天四升多米下锅已经费了多少心思和唇舌，忍了多少气，凭空哪能凑一笔大款，几乎要一百元就是肯出七八分息也借不到，城里几家亲戚是不必提了，就是二叔家也实在想不出办法。她决定要凤姑赶紧写几封快信给姐夫的几个伯叔和兄弟，总要先把拘留在戒烟所的人弄出来才好，然后慢慢还那些烟酒嫖赌的账。而且爹的病刚好，这些消息，他一定不能忍受，她很怕他又发病，而且她要求凤姑无论如何只能同他讲一点快乐的事，她结束她的意见是：

“我们这一家人都还太小，我们还须要他的啊！”

她当然也替凤姑想了许多，就在这晚他们商商量量写了许多信，最后的一封是写给那在邻省做事的第三个儿子，她们求他设法寄一笔钱来，因为凤姑很快的就要生产了，不能不用一个钱，这总该有一点把握吧？既然他并不是一个全无心肝，也曾顾到过家里的困难的。

三

信刚寄出去，就收到一封来的信，虽说明知道并不是一封复信，却也在热烈的希望之下被展开来。

妈妈：

今天晚上有着大风雨，雷轰隆轰隆的在屋子四周响了过去，又响了过去。刀一样的闪电划破了东边的天，又把西边的天划破，每当那刺人的亮光一闪过后，那更其巨大的雷，便比雨点更加快的霹雳的直落到地上，可怜我住的这间小屋就骇得轻轻的跳动，我实在担心它会倒坍下来。我一点也睡不安稳。间壁的我的学生我已听到他几次喊妈妈，我也听到他的祖母，哄着他，他的妈妈是刚死去两个星期，而他的爸爸又刚轮到夜班，他是铁路上的一个小工人。而我呢，我也实在在想我的妈妈了。我已是这么大的一个孩子了，我今年已十七岁，我当然不会怕雷雨，可是妈妈，今夜的雷雨，是怎样的压迫着我，压迫着一个漂流异乡无处可归的孩子啊！当我顶小顶小的时候，我曾是一个最怕雷和电（我记得雨是比较好一点的）的，每次一到有雷的时候，总是春夏多，我就倒在你怀里，抓着你，紧闭着两只小眼而发疯的叫着，“妈妈妈妈！”妈妈就把我抱得紧紧，蒙着我的头，紧压我的耳朵答应着我：“宝宝，宝宝！妈妈在这里，妈妈抱着你的！”后来，我大些了，我也变成一个顽皮的，我跟在哥哥们后边叫啸，我们都是欢喜雷雨的，我们小小的心因为那时正在发泄狂怒的天公而高兴起来，我们应着那些轰响吼着。像那些往事真是多么使人怀念的事啊！我真常常怕想起那些，我们的童年总算是幸福的！然而，多可怕的雷雨呀！是什么样的看不见的雷雨，将我们的家打得粉碎，将我们少年的心击得这么伤痛，我是不知有多少时候都在忍受着这种殛刑。我们的大哥，他是不得志的，他辛辛苦苦的学了那末多年工业，现在却在那种地方陪人叉叉小麻将，凑份子替上司的姨太太做寿，我想他那些梦想，那些想振兴中国实业的野心，那些支持了他多年的努力的东西，都怕磨尽了吧，现在在他脑子中的到底是些什么呢？是不是也还有一丝吃饭睡觉以外的思想来在他脑中呢？多可怜的大哥！至于二哥，妈妈，你也许不会原谅他，爹也不原谅他，社会全骂他，但是我，我真在心里爱他，同情他，他失败了，他表面是失败了，他现在在受困难，但是我，我真希望有一天他会做出一桩惊天动地的事来，我的二哥是聪明的，他该会有那天的！而我呢，我不必说我自己了吧，我有时真是什么都不想，一切的想头都是只有加增我的痛苦的啊！妈妈！你也许看了这些要受难过的，你一定以为我还不懂事，不能体会你的心，错了啊！我只要能使你快乐，使爹快乐，什么事我都可以去做的。你看我毅然从学校里出来，就是预备减少你们的负担而把这负担放在我的肩上。一个孝子的名称，并不是我羡慕的，我是因为懂得你们的为难，又看清了我的有限的前途，才走上这条路的，然而，……我应该怎样说呢？我要向你说的是这么多，是这么无头绪，而这样大的可恨的雷雨却又这么扰乱着我心情，我今夜，我该怎样去度过这可怕的一个夜呀！

今夜的雨的确是太大，下场的铁路轨道也许又要被激流冲坍，上一次曾冲毁一丈多，有许多小茅棚的人家，就全在水里。妈妈这里的景象真不是你能想像的，若是你看见了，你是忍不住要哭的呢。我若不是安置在这里，也不会懂得这许多事，就是也不会有许多支支节节，不会又要使得妈妈难过啊！假设我还是一个无知的中学生，像许多好的家庭的子弟一样，或许在一个无所谓的地方，有一碗饱饭喂着我，安安稳稳的过着日子，那是多么的好，多么可使你满足的啊，可是，为什么要把我弄到这里来，这里的确是一个特殊的地方，这里就全是工人，这些工人并不同我们小时所看见的毛机匠，何木匠那末有趣的人。这里真难得生活，生活全在残酷的斗争里挣扎。我的学生全是这些人的子弟，他们当然也有很过得去的，有穷到连饭没有吃，也有为了别人挨打的，也有专门打听同伙去告密的，我天天同这些人见面，有许多人真使我惭愧和佩服，我当然不同他们有什么勾接，我一向来是谨慎的，可是……我一定要告诉你，我一定要找一点勇气，为什么雷雨还不停，夜是这末的冷，小煤油的灯光又是这末的暗。……

妈妈，你能原谅我吗？我现在是住在学生的家里的，我已离开学校快一个月了。我是被开除的，你一定以为我又丢了家里的丑，而伤心吧，但我实在没有错处。原因只为我替几个学生的家属写了一篇索薪的东西。他们每月却赚不多几个钱，有的十元有的八元，他们却是有家眷儿女的：不过说起来，你也许不相信，他们的薪水却积欠到一年多。他们忍受着饥饿，半饱的拖延着过日子，但总得设法使个有个半饱，他们并不敢有多希望，只希望拿回，那本是他们的一部分，我既然同他们很接近，我每天教着他们的孩子，那我答应一次这并不是无理的请求，也不会是犯法的吧。可是第三天，校长便叫我去骂了一顿而把我辞谢了。若不是这里的主人，我一时能往什么地方走呢！我当然是很气愤的，却拿他们没办法。像这里主人一样同情我而待我好的人也很多，但他们不就是每天在饥饿线上奔走的一群可怜虫吗，他们能有什么帮助于我呢！我住在这里，很想能另外找一点事，我也不想离开这些新的朋友，所以我就都不告你，实在也很难于说清楚，你既不在这里，又不懂这里情形和这些人。可是，时间是一天天的飞走，我只成为他们的负累，我心里实在日夜都不安。那末，我回来么，妈妈，我又实在怕，怕看你和爹的脸，你们一定不会谅解我的。不，不是不谅解我，我知道我就真做错了什么，你们也不会责备我，我是怕看你们的忧愁，为了儿子们的无尽的忧愁呵！

雷和雨都渐渐小了一点了，我的学生和他的祖母似乎已入了睡乡，风却还是很大的吹响着远远的白杨，沙沙沙沙，近屋的野草也一阵一阵传来无止的冷意，这夜是显得这样凄凉，这一片冷，一片寒，我实在无法担受这侵袭，我有时要发一阵狂，我感觉到全身都是愤怒和仇恨，我有时又只想哭，这个时候才真觉得自己的软弱，还是一个孩子啊！妈妈！我一到烦闷想到哭的时候，那占据我整个脑海的，就只有你，我是如何的须要到你一句话，你一抚摸呀！妈妈！妈妈！在失了业的你的不肖的儿子，你许可他回来看一次你吗？我真要回来，我并不要住下去，我只要在家中呆一天，我要亲近你，我要你给我生活的勇气呀！

唉！这漫漫长夜如何得尽，我实在不能再等，我要到我妈那儿去，我决定回去，我要妈妈呀！

妈妈！妈妈！你张着臂，准备拥抱你这遍体鳞伤的儿子吧！

我祝你是快乐的！

你的儿子树贤

×月×日

四

陆太太坐在田坎上，两手放在两腿中间，她的第四个儿子坐在她旁边，他不时偷望着他的母亲，妈是显得多么的忧愁呀！她蹙着眉，两眼茫然的望着远处，手轻轻的摸着衣缘，每当他稍为停顿有点迟疑的时候，她便悄声的说："完了吗？"于是他就将三兄的来信又继续下去。第一颗泪来在她眼边，她还是痴痴的望着远处。泪滴下来了，很响的跌落在手上，但第二颗又镶在原来的地方。她还是时时要说："完了吗？念下去呀！"一直到他念完。幼稚的心也受了重重的打击，他害羞的悄悄去擦眼泪，他再不敢去看他妈，她已将脸全埋在两手中，很利害的抽咽着，她低低的哭，低低的叫："我的崽呀！我的崽呀！"

这是黄昏的时候，他刚从祠堂（就是学堂）回来，他带回这一封信，他在屋外遇见他妈，她又非常想单独的，早一点知道这信的内容，于是母子便同坐在这无人走过的窄路上，斜斜的阳光照在耕过的泥土上，也照在浅浅的有着一层水的田中，风从水上走过，骚动了水里的云彩。他们母子也是相爱的，自从他教书以来，她便常常，只要抽得出一点空，便走到屋的这些稍远的地方来接他。他便告一些听来的新闻，或是学堂里发生了什么事，两人一路谈讲着回去，回家后便帮着她把晚饭搬出来吃。有时她不能去接他，莲姑也就代替了母亲站在大桂花树下伸长了颈子望。他们也念过一些哥哥的来信，他们两个同一颗心去听到一些好的句子，去领会到一些能安慰人的藏在字句后的心。但在今天，一切都变色了，晚霞已不是一片可爱的绯红，只是一抹愁人的灰色。那些树丛，涂着深深浅浅的绿，和着点缀在这里的娇艳的花，那些小鸟，游嬉着，唱着的小鸟，那些水，温柔的小溪，还有那软软的拍人的风呀，都消失了！他们只停留在黑暗中，这是几多冷，而骇人的风雨便在四周压紧了来，雷和电也跟着恐骇着他们，他们也传染到无力，我们无法排遣他突来的伤痛了。

远远的莲姑在喊了。小的儿子也从家里跑了出来。站在路旁喊：

“四哥！四哥！”

他便轻声的说，怕声音会触着她们的：

“妈妈！妈妈！不早了，我们回去吧！”

她用衣襟揩干净了脸，便无声的立了起来，在远方，在那天际线上，她投去一道忧怨的眼光，便朝家里走回来了。她儿子跟在她后边。在快到家的时候，他听到一句话，声音柔弱到刚刚能辨清，似乎是这样的：

“莫让爹晓得，明天扯个谎吧！”

真的这事就瞒着了那老年人，他还很喜欢呢，有时就问着贞姑和珍儿，要他们猜过几天会有什么人回来。或是就向四儿说：

“等你三哥回来了，你们学堂就也放几天春假，他们既然都请假回来歇歇，你也该歇歇呀！”

他还有着另一个幻想，就是他希望三儿这次出去，会把么儿带走，这小子真越来越像放牛娃儿了。

小弟弟妹妹不懂得事，就也跟在爹后边盼望着三哥，三哥回来时，总会带一点糖，或是糕饼，也许还有一个磁菩萨，那有着一个大肚皮笑脸的菩萨。

凤姑也看到信了，她更加觉得难安，她不能走，身体上有许多不方便，如果她是有办法，她当然不会回来的，但现在住在这里，她一点帮助都不能给家里，却又不能不吃，而且她还很快的要生产了，这又只是多么讨厌的东西啊！

全家都沉浸在期待里，虽然有着各样的不同感情，但都时时要留心到一个熟悉的面孔会露出来，而那一定是很快乐高兴的一张面孔吧。

陆老爷似乎又硬朗了一些，也许因为女儿回来了，又一个儿子也快到家。这天忽然离开了火房，一手拄着杖，一手扶在么儿肩上一步一步的踱了出去。贞姑和珍儿就在前边跑着，小小的心房充满了惊异。近日来不大多说话，变得很是沉默的陆太太，也笑了起来，忙着安排靠椅，兴滋滋的说：

“呵！爹，你看这外边多好玩，阳光是这样温暖，你总有大半年没有出来了吧！”她又指着一个塘，“你看那里，我种了好些藕，再过一阵就会有嫩荷叶伸出来，今年夏天我们有荷花看了，你去年不是说过的吗？”

“唔，很好。就在这里。”他坐了下去，用眼光四方掠着，“这乡下真安静，住惯了恐怕要离不开的吧！”

凤姑把烟袋拿了来，他就嘶嘶的吸着烟。

他又想到了快要回家的四儿：

“你们要算一算。到底几时好到家，唔，他说了是那天动身呢？”

后来他又自语着：“唔，田靠不住，不是就在家里住一阵也好……”

这时大家都在坪坝上陪着他，小的们在玩耍，陆太太和么儿在用着一个能转动的竹板打那些蚕头杆，这些叶子都晒得很黑很枯，她们一下一下的打着，那些豆荚便被振动落在地下，然后拿走梗子，这都可以当柴烧的，豆便铺满了一地，他们又用畚基播着，吹走那些屑子。这些豆他们当菜吃过，也可以和着米一块煮饭。陆太太头上蒙了一块布，很像一个村妇，她不能不帮着做这些，赵得福一人不大忙得过来，三石二斗田就只用他一人。

还有菜园，砍柴等等的事。

远远的从山坳子边现出一个人影来。首先是凤姑看见的，她还来不及告诉的时候，莲姑也跳起来喊道：

“看呀！有人来了，是四哥啊。四哥！四哥！”她跳着迎了出去。

“唶，那里？真的吗？”

“唉，爹！真有一个人，看不清，说不定是四弟。”身边的凤姑也立了起来。

陆太太也停了挥动着的竹片，跟在儿女们后边走出去看，来人穿着一件短衣，越来越近，很快就认出是一个不认识的人。他走到麇集在桂花树下的人群边，便问道：

“这里是姓陆吧？”

“什么事？”

“我要见老爷。”他就一直走到坪上。

“什么事，唶，你是做什么的？”陆老爷不觉的又去捻着那胡须了。

“我是船户，我是仓港的船户，上次我曾载过老爷的，我还认得你，你大约不记得我了吧，我就叫刘大疤。你看，我这里不有着一个大疤吗？”他指了指额头。

“唶，得有什么事呢？”

“我又载得有你们少爷，他现在还在船上，因为另一个年轻些的少爷有了一点毛病，他要先捎过信来，要两个轿子，一个坐有病的少爷，一个坐少奶奶和小少爷。两个小少爷都满生得病人。”

“什么，你讲些什么，我简直听不懂，嗐，你再讲清白一点好不好?”

“两个少爷……”

“爹！莫不是大弟弟和二弟弟全回来了!”凤姑这末提醒了一句。

“啊！老板！是不是一个黑黑面孔，眉毛很浓的，和一个小方脸，骨碌骨碌两个眼睛的?”陆太太也抢着问了起来。

“是的，是的，”这厚头发的乡下人点着头，接着说道:“你是太太吧，你真好福气，这么一大群少爷小姐，那两个孙子，你要看见了才心疼呢。”

“到底是怎么一回事?嗐，船老板，就只捎得一个口信吗?”

该死！真该死！老爷你要不问我，我就全忘记了，你莫急，让我拿，我还藏好在搭裢里，就为了怕掉，你看我这记性!”他说了就在腰里连摸连摸，还边骂着自己。

信被抢着来看，还是让凤姑念了出来:

父亲大人：男已偕媳，孙，及二弟归来，二弟在船旧病复发，神经失常，颇难照料，速望大人备轿来接，详情待面禀，此请。

大安

男树德跪禀即日

“天呀！到底是怎么事呀！弄得人糊里糊涂，”陆太太捧着脑袋走开了去又走了回来。

陆老爷用力的敲着烟杆，频频的叹息。最后他只好说道：

“妈妈，能先设法一顶轿子去接他们么？”

“我怎么晓得呀！他们全回来了！他们都不替我想，好容易我几乎下了跪才在二叔家借来六担谷子，要我用什么法子来养活这一家人，你横竖害病，你可以不管，可是我这做娘的……”陆太太完全歇斯底里的这末哭叫着。

“妈妈！妈妈！莫这样，我请你安静一点，你想想爹吧！爹今天刚出来。”凤姑这末劝说着。

“唔，你娘就是这末急性子，近来更容易焦燥，事情不能全往坏处想，且等看见大儿再说，也许三儿可以……”陆老爷也这末宽慰着。

“不要做那些梦了吧！”她还是盛怒着，可是同时又为儿子们难受，她又觉得对不起他们，她不该这样态度，于是她又吩咐么儿道：“赶快到田里喊赵得福，邀个人抬顶轿子去仓港。你再同着这船老板，绕四哥学堂一块去接他们。听好没有，赶快去吧！”她又朝着那痴痴望着他们的粗汉子说："船老板，不留你坐了，你跟着我们小少爷去，等下一道给你酒钱。"

于是他们急忙的走了。剩下这几个人不知道说什么好。后来还是贞姑打破了沉默：

"啊大家都回来了！三哥也在船上吗？我们家又要过年了吧！真热闹啊！小珍！小珍！过来，让我告诉你！"

还是没有人回答她。

谁能想出回答她的话呢？

八月十三日

附　录

丁玲女士之《意外集》，因篇幅不多，故获得作者同意后，将最近在《文学》上所发表之《莎菲日记第二部》及《不算情书》与《良友》上所发表《杨妈的日记》三篇，编一附录，合印于此。

这三篇都未收集。发表时期，均在《母亲》出版之后，《松子》执笔之前。

莎菲日记第二部

五月四日

不写日记几年了。人事真变迁得快。近来时间太空闲，从一个旧的抽屉里翻出了几年前的日记，自己觉得在那黄了的纸上所留下的影，是与自己完全判若两人了。那里所烙印上的莎菲，也许还为一些人喜欢；也许还有一些密切的朋友在牵挂着她，想着她最近的遭遇，那失去了爱人的难堪的惨变。可是我自己呢，我读了我几年前的东西，没有一点感伤和留恋，没有一点旧的情绪重温着我的心，真的是过去了！过去的岂止这一点点日记时代；所有的梦幻，所有的热情，所有的感伤，所有的爱情的享受，都过去了，流走得是这样自然，流走得是这样不使我自己惊诧，流走得是这样不使我自己有一点沾滞。多么痛快，多么轻捷的我便跳在现在的地步了。当然现在我还是不好，也许我还遗留得有许多过去的成分，是我自己看不清，而常常要在不觉之中，反映出那种意识来的，也许我不是顽强的人，我或者又堕入到另外的歧途上，虽说我相信，我是可以把握着我自己，不，自己再糊涂再懒惰，然而话总是这么说，我们不否认环境，我是还在一个极旧式，比我过去还可能到更堕落的地步去的。这是一个关键，一个危险的时代，在这时的莎菲自己也觉到。我现在的确比较空闲，没有固定的事限制着我，我愿意抽出一小部分时间来记下我每天的事，或是感想，在这里忠实的写我的供状，像从前的坦白一样，然而同时我得审判我自己，克服我自己，改进我自己，因为我已经不是一个可以只知愁烦的少女时代了。

我因为近来常常学着写一点小说的东西，养成一种好说故事的习惯，所以总觉得在这里补述一点我的历史也是好的。因为怕或许会有人要看到这日记的。我是在写了第一部日记没有好久，那时还留在北京，（谢谢许多为莎菲担心的人，她并没有像那日记中去跑到无人认识的地方，浪费她生命的余剩，）在偶尔的机会中，遇到了一个十九岁的男孩，两人都没有一点犹疑，在快得使人不能相信的相识中，就住在一块了。真是像神话中的小孩般生活了一阵，飞快的两年过去了。接着是第三年，第四年，这里经过了一些变化，移转了一些地方，人在这之中变了好些，不变的只有我们还是非常相爱，而且我们觉得更有希望起来。我们比较更理解了一些，当他忙于别的一些事的时候，我觉得我更爱他些了，因为更看出他对人生的严肃，和进取，于是第六年又在开始，我们都抱着一个目的，一种希望，我们都向着一个方向走去，我们都充实，都快乐。而且我在这时做了一个小婴儿的母亲。我们并不愿意有小孩，也不能有小孩，因为小孩太妨碍我们了。不过，我们究竟是一个很平凡的人，我们没有超过这种爱，小的，乖的婴孩，显着天真的，红的嫩脸睡在摇篮里的时候，是给了做父母的人许多劳苦后的慰安的。但是，当然有些人是已经知道这故事了的，就是这个年轻的有为的人，可以做一个更好一点的人的那个父亲，却在婴孩还只两个月，而我正在开始读他刚出版的《光明在我们面前》的时候，这人就被打死了。至今还有许多人，连最亲切的朋友都在内还不清楚这回事，我那时当然很难过，我整整三个星期没有睡好，整整三个星期，在雨雪，大风中跑，直到他的死耗来后才停止下来。我不扯谎我哭过，我一想到他在死前的情形，我的心是比枪子打到还痛得利害，我不能忍耐下去的常常想跳起来抓什么东西才好。小孩子吵得很，我的精神和身体吃了有生以前未有过的苦。我是一个女人，我不缺少丰富的母爱，我假如一定要把小孩留在我身边，我的力量是可以做到的。但是算来还好，我算战胜了这第一道难关，我把小孩送回了湖南，送到我家里，而且我没有在我母亲面前流一颗眼泪，把故事另外编过，到底忠厚的人容易骗，我在家里住了两天便出来了。带着一颗茫然的心，一个人租了现在住的这房子，这就是过去不久的事。我的确还是免不了常常难过，虽说我不对人说，虽说别人看到我能笑能说有点觉得我无情。不过现在我自己觉得好多了，我的心一天比一天平静起来，有理性起来，我不愿意我正如像别人所揣想我的一样，我会为一个死去的人成天把时间在追念里消耗过。我是在开始读书，开始做事，开始重新做人的时候了。我要一切过去的事都无痕的过去，我只向着前方。一点也不回头。

不，不能再这样写下去了，不像日记体裁，我的文章也随着心境变得完全不同了。看了我的日记第一部的人又来看这第二部，他就知道我没有说错，我想我写不出像那样的文章了。不过不管它，究竟那篇东西是修饰过，是比原来写得更深入和更夸张的东西，别人喜欢它当然有道理，而我这部日记可不必那样费神，我真是只写着给自己看，不，自己也许并不须要看这东西，我是完全要利用到一点空闲的时间，写点拉拉杂杂的话，做为我的休息。因为一个人关在房子里，找不到机会可以说话，看书又是太吃苦的事，因为假如不是看无聊的小说，是总得很用心的。写文章不一定成天都能写，这更不是容易的事。为要压迫着自己不准满马路去荡，觉得用这么一种记日记的方法，是一个最好的方法。我有一阵在马路上跑的真可怕，因为感情冲动的太利害，屋子太小了，是容不下我那颗狂乱的心的。不过近来，这一礼拜来我是比较好多了。我写了一些文章。

今天不能继续下去了，因为我已写了快两个钟头，我在写到当中时间，不该去想了一会。日记不能算是开始，因为什么话也没说，没有记上一点什么东西。好，现在就打住，明天再说吧。

五月五日

记日记规矩总是先说天气，我现在也来说天气吧。今天是个晴天。有白的云团。风从南边吹来。微微有点夏天的景象了。我起得很早。近来都是起得很早的。一个人睡觉容易醒些。房子里的窗户都是大开着的，清晨的风容易把人吹醒也是一个原因。我过去有一个坏习惯，便是当睡醒了的时候还舍不得起身，总要多躲一回儿，为的好想事。我确是一个喜欢幻想的人。现在我不准我这样了。因为想事会头昏，而且我不愿意去做一些无味的想像了。所以我总是一醒来，便托着跳下床，穿上我的旧的，然而却舒服的大袍，光着脚走到溷浴间去。这时房东不会起来的，他们是吃鸦片烟的一家人。上午多半只有我一个人在屋子里走动。我学会了洗冷水，当然是因为没有热水给我洗，不过我也愿意习惯用冷水，我想这样身体更可以训练的好些。我从前常常糟蹋自己身体，我现在要爱惜自己起来了，因为我总觉得我还要做许多事的。

我写了三页文章。昨天写了五页。不过我这人终究不行，旧的情感残留得太多了，你看多么可笑，我昨天竟跑了一下午，我很想找到一点牡丹花。我自己觉得自己不应该，可是总存上这么一个心，就跑这一次了也好的。因为我记起这是我们的一个纪念日，我们相识就在六年前的这天，那时完全是个小孩，一点事也不懂，在朦朦的月亮底下，月亮照着中央公园的柳树，我们偷着刚刚盛开的牡丹。当然我不必想着那无间的游戏，当然我并不觉得那一定是怎么使人回想起来动心又动魄，可是，这意识真可怕，我真的是那么很顽固的只觉得那牡丹花在眼前晃，我只想能找的一朵，不过我并没有找到，这东西在上海是珍货。

不算情书

我这两天心都不离开你，都想着你。我以为你今天会来，又以为会接到你的信，但是到现在五点半钟了，这证明了我的失望。

我近来的确是换了一个人，这个我应该告诉你，我还是喜欢什么都告诉你，把你当一个我最靠得住的朋友，你自然高兴我这样，我知道你“永远”不会离弃我的，因为我们是太好，我们的相互的理解和默契，是超过了我们的说话，超过了一般人所能理解的地位，其实我不告诉你，你也知道，你已经感觉到，你当然高兴我能变，能够变得好一点，不过也许你觉得我是在对你冷淡了，你或者会有点不是你愿意承认的些微的难过。就是这个使得你不敢在我面前任意说话，使你常常想从我这里逃掉。你是希望能同我痛痛快快谈一次天的，我也希望我们把什么都说出，你当然是更愿意听我的意见的，所以我无妨在这里多说一点我自己，和你。但是我希望得听你详细的回答。

好些人都说我，我知道有许多人背地里把我作谈话的资料的时候是这样批评，他们不会有好的批评的，他们一定总以为丁玲是一个浪漫（这完全是骂人的意思）的人，以为是好用感情（与热情不同）的人，是一个把男女关系看做有趣和随便（是撇烂污意思）的人；然而我自己知道，从我的心上，在过去的历史中，我真真的只追过一个男人，只有这个男人燃烧过我的心，使我起过一些狂炽的（注意：并不是那末机械的可怕的说法）欲念，我曾把许多大的生活的幻想放在这里过，我也把极小的极平凡的俗念放在这里过，我痛苦了好几年，我总是压制我。我用梦幻做过安慰，梦幻也使我的血沸腾，使我只想跳，只想捶打什么，我不扯谎，我应该告诉你，我现在可以告诉你了（可怜我在过去几年中，我是多么只想告诉你而不能），这个男人是你，是叫着“××”的男人。也许你不会十分相信我这些话，觉得说过了火，不过我可以向你再加解释；Y 君说我的那句话有一部分理由，别人爱我，我不会怎样的，B 君说我冷酷，也是对的。我真的从不尊视别人的感情，所以我们过去的有许多事我们不必说它，我们只说我和 P 君的关系。我不否认，我是爱他的，不过我们开始，那时我们真太小，我们像一切小孩般好像用爱情做游戏，我们造作出一些苦恼，我们非常高兴的就玩在一起了。我们什么也不怕，也不想，我们日里牵着手一块玩，夜里抱着一块睡，我们常常在笑里，我们另外有一个天地。我们不想到一切俗事，我们真像是神话中的孩子们过了一阵。到后来，大半年过去了，我们才慢慢地落到实际上来，才看出我们是一个男人和一个女人，是被一般人认为夫妻关系的，当然我们好笑这些，不过我们却更相爱了，一直到后来看到你，使我不能离开他的，也是因为我们过去纯洁无疵的天真，一直到后来，使我同你断绝，宁肯让我只有我一个人知道，我是把苦痛秘密在心头，也是因为我们过去纯洁无疵的天真，和P君逐渐对于我的热爱——可怕的男性的热爱，总之，后来不必多说它，虽说我自己也是一天一天对他好起来，总之，我和他相爱得太自然太容易了，我没有不安过，我没有幻想过，我没有苦痛过，然而对于你，真真是追求，真有过宁肯失去一切而只要听到你一句话，就是说“我爱你!”你不难想着我的过去，我曾有过的疯狂，你想，我的眼睛，我不肯失去一个时间不望你，我的手，我一得机会我就要放在你的掌握中，我的接吻……。我想过，我想过（我到现在才不愿骗自己说出老实话）同你到上海去，我想过同你到日本去，我做过那样的幻想。假使不是P君我一定走了。假使你是另外的一付性格，像P君那样的人，你能够更鼓励我一点，说不定我也许走了。你为什么在那时不更爱我一点，为什么不想获得我？我走了，我们在上海又遇着，我知道我的幻想只能成为一种幻想，我感到我不能离开P君，我感到你没有勇气，不过我对你一点也没有变，一直到你离开杭州，你可以回想，我都是一种态度，一种愿意属于你的态度，一种把你看得最愿信托的人看，我对你几多坦白，几多顺从，我从来没有对人那样过，你又走了，我没有因为隔离便冷淡下我对你的情感，我觉得每天在一早醒来，那些伴着鸟声来我心中的你的影子，是使我几多觉得幸福的事，每每当我不得不因为P君而将你的信烧去时，我心中填满的也还是满足，我只要想着这世界上有那末一个人，我爱着他，而他爱着我，虽说不见面，我也觉得是快乐，是有生活的勇气，是有生下去的必要的。而且我也痛苦过，这里面不缺少矛盾，我常常想你，我常常感到不够，在和也频[1]的许多接吻中，我常常想着要有一个是你的就好了。我常常想能再睡在你怀里一次，你的手放在我心上。我尤其当着有月亮的夜晚，我在那些大树的林中走着，我睡在石栏上从叶子中去望着星星，我的心跑到很远很远，一种完全空的境界，那里只有你的幻影，“唉，怎么得再来个会晤呢，我要见他，只要一分钟就够了。”这种念头常常抓住我，唉，××！为什么你不来一趟，你是爱我的，你不必赖，你没有从我这里跑开过一次，然而

① “也频”即“P君”。

你，你没有勇气和热情，你没来，没有在我要你的时候来，你来迟了一点，你来在我愿意不见你了的时候，所以只给了你一个不愉快的陈迹。从这时起，我们形式上一天一天的远了。你难过吗，你又愿意忘记我，你同另外的女人好了。我呢，我仍旧不变，我对你取着绝对的相信，我还是想你，忍着一切，多少次只想再给你一封信，多少次只想我们再相见，可是忍耐过去了。我总认为你还是爱我的，我永远是爱着你，依靠着你，我想着你爱我，不断的，你一定关心我得利害，我就更高兴，更想向上，更感觉得不孤单，更感觉得充实而愿意好好做人下去，这些话我同你说过，同S说过，同N君也说过，你不十分注意，他们也不理解，可是我真的这样生活了几年，只有B君知道我不扯谎，我过去同他说到这上面，讲到我的几年的隐忍在心头的痛苦，讲到你给我的永生的不可磨灭的难堪。后来我们又遇着了，自然，我们终会碰在一块儿，我们的确永远都要在一块儿的，你没有理我，每次我们的遇见，你都在我的心上投下了一块巨石，使我有几天不安，而且不仅是遇见，每次当也频出去，预知了他又要见着你时，我仿佛也就不安的又站在你的面前了。我不愿扰乱你，我也不愿扰乱也频，我不愿因为我是女人，我来用爱情扰乱别人的工作，我还是愿意我一人吃苦，所以在这一期间是没有人可以看到我的心境的。一直到最近的前一些日子，在北四川路看到你，看到你昂然的从我身后大踏步的跑到我的前面去，你不理我，你把我当一个不相识者，你把我当一个不足道者的那样子，使我的心为你的后影剧烈的跳着，又为你的态度伤心着，我恨你，我常常气愤的想："哼，你以为我还在爱你吗？"但是我永远不介意你所给我的不尊敬，我最会原谅你，我只想在马路上再一次看见你，看你怎么样，而且我常在你住的那一带跑起来。你总是那末不睬我的，实际上，假如我不愿离开你们，我又得常常和你见面，这事非常使我不如意，我只好好好的向你做一次解释，希望你把我当一个男人，不要以为我还会和你麻烦（就是说爱你），我们现在纯粹是同志，过去的一切不讲它，我们像一般的同志们那样亲热和自然，不要不理我，使我们不方便。我当然解释得很好，实际上是须要这样解释，而且我也已经习惯了忍耐的，所以结果是很好。然而我始终是爱着你，每次和你谈后，我就更快乐，更有着要生的需要，只想怎么好好做人。每次到恨自己的时候，到觉得一切都无希望的时候，只要你一来，我又觉得那些想像太好笑了，我又要做人，到现在我有这样的稳定，我的无聊的那些空想头，几至完全没了，实在是因为有你给我的勇气，××！只有你，只有你的对我的希望，和对于我的个人的计划，一种向正确路上去的计划，是在我有最大的帮助的。这都是些不可否认的历史。我说我的最近吧。

我已经是比较有理性有克制的人，然而我对你还是有欲望，我还是做梦，梦想到我们的生活怎么能连系在一起。想着我们在一张桌上写文章，在一张椅上读书，在一块做事，我们可以随便谈什么，比同其他的人更不拘束些，更真实些，我们因为我们的相爱而更有精神起来，更努力起来，我们对人生更不放松了。我连最小的地方也想到了，想到你的头发一定可以洗干净（因为有好几次都看到你的头脏）。想到你的脾气一定可以好起来，而你对同志间的感情也更可以好起来，我觉得你有些地方是难于使人了解的态度，当然我能了解你那些。而我呢，我一定勤快，因为你喜欢我那样，我一定要有理性，因为你喜欢我那样，我一定要做一个最好的人，一点小事都不放松，都向着你最喜欢我的那末做去，当然我不是说我是要因为一个男人才肯好好的活。然而事实一定是那样，因为有了你，我能更好好的做人，我确是可以更好点是无疑的。而且这决不是坏的事，不过，这好像还是些梦想，我觉得不知为什么我们总不能连系起来，总不能像一般人平凡的生活下去，这平凡就是你所说的健全。所以我总是常常要对你说，希望你能更爱我一点就好。所以我常常有点难过，我不知应该怎样来对你说出我有新的梦幻。这是，我最近的过去是这样的，一直到写信以前都这样。

而我现在呢，我稍稍有点变更，因为我看见你那末无主意，我愿意……——我不想苦恼人，我愿意我们都平平静静的生活，都做事，不再做清谈了。……

这封信本来预备写得很长的。可是今天在见你之后，心绪又乱了起来，我不能续下去了。有许多话觉得不愿说下去了，觉得这信也不必给你，我真是一个不中用的人，希望你能干，你强，这样我可以惭愧，可以痛苦，可以一切都不管，可以只知好好做人了。勉励我，像我所期望于你的那样，帮助我，因为我的心总是向上的。我这时心乱得很。好，祝你好，我永远的朋友！

八月十一日（一九三一年）

压了两天，终于想还是寄给你的好。这没有说完的一半话，就是说，我改变了，你既是喜欢的，你就不要以为我对你冷淡而心里难过，又对我疏远起来。那是要几多使我灰心的！帮助我，使我好好的做人。希望你今天会来。

十三日上午

一夜来，人总不能睡好；时时从梦中醒来，醒来也还是像在梦中，充满了甜蜜，不知有多少东西在心中汹涌，只想能够告诉人一些什么，只想能够大声的笑，只想做一点什么天真、愚蠢的动作，然而又都不愿意，只愿意永远停留在沉思中，因为这里是满占据着你的影子，你的声音和一切形态，还有你的爱，我们的爱情，这只有我们两人能够深深体会的好的，没有俗气的爱情！我望着墙，白的，我望着天空，蓝的，我望着冥冥中，浮动着尘埃，然而这些东西都因为你，因为我们的爱而变得多么亲切于我了啊！今天是一个好天气，比昨天还好，像三月里的天气一样。我想到，我只想能够再挨在你身边，不倦的走去，不倦的谈话，像我们曾有过的一样，或者比那个更好，然而，不能够，你为事绊着，你一定有事，我呢，我不敢再扰你，用大的力将自己压住在这椅上，想好好的写一点文章，因为我想我能好好写文章，你会更快乐些，可是文章写不下去，心远远飞走了，飞到那些有亮光的白上，和你紧紧抱在一起，身子也为幸福浮着，……

本来我有许多话要讲给你听，要告诉你许多关于我们的话，可是，我又不愿写下去，等着那一天到来，到我可以又长长的躺在你身边，你抱着我的时候，我们再尽情的说我们的，深埋在心中，永世也无从消灭的我们的爱情吧。……

我告诉你的而且我要你爱我的！

你的“德娃利斯”

一月五日（一九三二年）

这不算情书。

杨妈的日记

五月十八日

我今天起得很早，孙先生起得更早。她跳到我的房里，堆满了高兴的笑。她给我这个好看的本子。她从前给我的那个，已经被我画得乌七八糟，抄满了书。她向我说："杨妈，你不必老抄书了，顶好每天凭你喜欢写一点东西在这上面。想些什么就写些什么，这叫着记日记。你写好了，给我看。我替你改。这样你可以进步得更快些。"我真喜欢这本子，是蓝色的封皮，里面有许多小小的格子，张张纸都白得可爱，只是我除了抄一点书还会写什么呢？心里想的东西，有时像太多，有时又像没有，写出来怎么会像个样儿呢？我望着她笑，说不会。她又告诉我，这么那么的，把要讲的一些话写上去，就成了。有些字写不出来的，就空着，让她来填，写错了，也不要紧，她总可以懂得那意思。只是，我到底不会，我也到底不信，这末写一些一个做娘姨的要讲的话，能够算什么？我现在试着来写，管它怎么样，但是不知为什么，我总有点害怕。我不能再写下去。

五月十九日

唉，这末歪歪扭扭的字，写在这样好看的本子上，把纸都糟踏了。我心里真不舒服。为什么手这样笨？大约因为我的手太粗了，粗手的人就不会学写字。大汉的手比我还要粗，他从来就没有拿过笔。

读书的时候，孙先生又问我："杨妈。你写的日记呢？"我难为情的笑着，我说："那难为情得很，拿不出来的。我写得一塌糊涂，认也认不清的。"她听了，发气的说，我知道她是假发气："你不给我看，我以后就不教你念书了。"她发气的时候，真好看，鼓着两个小腮巴子，红的嘴唇撮得一点点大，大的眼睛更张得大。这个样子简直像一个小孩。我只好依了她。她看着，拍着手笑，说是好的很。就是错字太多了。她又用红笔替我改正。我不信她的话，我晓得写得不成样子。她是常常有点爱夸奖我，骗着我，因为我晓得她喜欢我多认得几个字。她是一个好小姐。

五月二十日

大汉又来了信，不知道是什么人写的，我看不懂，孙先生念给我听，解释给我听，我才知道。横竖只有一句话，“要钱。”说是家里没有饭吃了，收成又还不到时，人总得装满了肚子才下得了田。我心里真不快活。我也没有问孙先生借钱，我手边一个铜板也没有，工钱我早支过了头，我想缝一件蓝布衫也没有。几个钱早就寄回去了。大汉枉自生得那末大，力气比牛还大，打起人来痛死了，可是连一个老婆也养不起。我丢了父母跑到这末远来帮人，一年多了，几个钱都寄回去了，常常望一点家信，我活到二十五岁，天理良心我都没有离开过我的妈，等到家信来了，又就只一句话，一句使你不得不生气的话。只是，真真讲来，我也不怪大汉，他不吃烟，也不吃酒，一年三节，手没空过，脚没空过，知道是个什么鬼道理，总是弄不伸腰。命里注定了这末一个倒霉运，我看是没有法的。孙先生常常同我说没有菩萨，同我说一些道理，听来是对的。不过我总不信，人心未必那末坏，一定是我们前生做错了什么事才这样吃苦。

今天读书我也没有心了。我时时记到大汉。记到那绿油油的田，那把阖家的希望放在上面的田。我想没有法只好还是同孙先生借一点钱。明天我一定向她开口，她一定答应的，我就怕她没有。她不是有钱的人。她早就不想用我了，她妈回家的时候，她就要退我的工的，因为我不想走，她又同我好才将我留下的。我怎么好太麻烦她。实在没有法，我只好另外找东家去，别处或者可以多点外水，不过那里能够找到像孙先生一样好的人呢？不过我总得说，同她商量，她一定可以帮我的忙。而且我不管大汉那个还会管他呢？

夜晚我哭了。睡在被窝里悄悄的哭。我怎样能够不哭呢？眼睛里看见的全是钱，走到马路上，四处都看见钱在乱丢，可是我得不到一个，我又不能抢，我的一家人，公公婆婆，丈夫，儿子，都在挨饿，都还靠在我身上，我一个女人，一个娘姨有什么用？

五月二十一日

昨夜一夜没有睡好，做梦梦见大汉，梦见阿桂，阿桂哭，大汉打他。大汉饿倒在大门边，泥和篾做的大门边，望着田哭。像有一年一样，那年天干，把谷子晒死了，土起了裂，一家人心里比太阳还焦燥，望了无云的天空，又望张着的口田，池塘里也没有水了。大家坐在田边哭，隔壁茅棚里的伯伯便也一样，远远近近都一样，现在想起来还凄惨。

吃饭的时候，孙先生给了我五块钱，她说，她说正经话的时候，她一点也不像一个小孩，她说："杨妈。你为什么又哭了？我不是告诉你凡事不应该哭，不应该灰心吗？这里有五块钱，你寄回家去，以后我替你想一个法子。你晓得我一个人本来不想用人的，因为我们两个好，你舍不得我，我也不愿离开你，而且我们自己烧饭吃，同我一个人吃包饭也差不多。所以我把你留下了，不过我的工钱太少，你不够用。你另外换地方，我知道也难得很。我想以后我替你找点衣服袜子来缝缝补补，横竖你没有事，就跟着我也好。你若不会缝衣服，我可以告你，我小时学过的。你看这好不好?”我的眼泪又流出来了。我变成了一个孩子。我心里真感激她。我说不出什么。她还替我另外装了一碗饭。我心里发誓我不愿离开她。她待我太好了。

五月二十二日

她果然替我带回一些衣服和袜子。不知道她从什么地方弄来的。她要我不要让楼下房东知道了。我当然不去告诉，她一定难为情。

今天我不能多写了。我有这末多事做。

孙先生这两天不知忙些什么，她不常在家。

五块钱已经寄回去了，我心里又放心些。

五月二十五日

今天又另外拿了两件没有缝，已经裁好的男人的短衫来，孙先生很耐烦的告诉我缝，她说如果我缝得好，以后像这种生意还可以找到，我可以不必担心事。已经补好的一些，她又拿走了。她总是一个小姐出身，不过我看她真能吃苦，她不怕过穷日子的。

这两天她在家的时候还是少。不知道她在什么地方。她又不是爱玩要的人。而且那儿个常常来的先生们，不时又来找她，听说不在家的时候，总现出一付失望的样子。有时见着了，也只说几句话又走了，不知道他们是捣些什么鬼，深怕我听见。孙先生什么都好，就是这个不好，常常喊我买香烟，买水果，把我支开，从来就怕我知道这些。其实有什么要紧，我什么话都不会说的。孙先生年纪有这末大了，人样子又长得好，他们喜欢她是正理，不知道为什么孙先生总还是不肯讲这个事，她总是正正经经的。不过她总得嫁人的，总得要在这些人之中挑选一个。

图书在版编目（CIP）数据

意外集 / 丁玲著. — 北京：中国国际广播出版社，2013.1
（良友文学丛书）
ISBN 978-7-5078-3545-8

Ⅰ.①意… Ⅱ.①丁… Ⅲ.①中国文学－现代文学－作品综合集 Ⅳ.①I216.2

中国版本图书馆CIP数据核字（2012）第265656号

意 外 集

著　　者	丁　玲
责任编辑	张娟平　张淑卫
版式设计	国广设计室
责任校对	徐秀英
出版发行	中国国际广播出版社（83139469　83139489[传真]）
社　　址	北京复兴门外大街2号（国家广电总局内） 邮编：100866
网　　址	www.chirp.com.cn
经　　销	新华书店
印　　刷	环球印刷（北京）有限公司
开　　本	620×920　1/16
字　　数	55千字
印　　张	8
版　　次	2013年1月　北京第一版
印　　次	2013年1月　第一次印刷
书　　号	ISBN 978-7-5078-3545-8/I·403
定　　价	35.00元

CRI
中国国际广播出版社
欢迎关注本社新浪官方微博
官方网站 www.chirp.cn

人文阅读与收藏·良友文学丛书

(1)	鲁　迅　编译	竖　琴
(2)	何家槐　著	暧　昧
(3)	巴　金　著	雨
(4)	鲁　迅　编译	一天的工作
(5)	张天翼　著	一　年
(6)	篷　子　著	剪影集
(7)	丁　玲　著	母　亲
(8)	老　舍　著	离　婚
(9)	施蛰存　著	善女人行品
(10)	沈从文　著	记丁玲
	沈从文　著	记丁玲续集
(11)	老　舍　著	赶　集
(12)	陈　铨　著	革命的前一幕
(13)	张天翼　著	移　行
(14)	郑振铎　著	欧行日记
(15)	靳　以　著	虫　蚀
(16)	茅　盾　著	话匣子
(17)	巴　金　著	电
(18)	侍　桁　著	参差集
(19)	丰子恺　著	车箱社会
(20)	凌叔华　著	小哥儿俩
(21)	沈起予　著	残　碑
(22)	巴　金　著	雾
(23)	周作人　著	苦竹杂记　（暂缺）